阳光集

马晓康 主编

刘吉阔 著

诗酒年华

山东友谊出版社·济南

图书在版编目（CIP）数据

诗酒年华 / 刘吉阔著. -- 济南：山东友谊出版社，2022.10（2023.9 重印）

（阳光集 / 马晓康主编）

ISBN 978-7-5516-2307-0

Ⅰ.①诗… Ⅱ.①刘… Ⅲ.①诗集–中国–当代 Ⅳ.①I227

中国版本图书馆 CIP 数据核字 (2022) 第 194279 号

诗酒年华
SHI JIU NIANHUA

责任编辑：王　洋
装帧设计：北京长河文丛文化艺术有限公司

主管单位：山东出版传媒股份有限公司
出版发行：山东友谊出版社
　　　　　　地址：济南市英雄山路 189 号　邮政编码：250002
　　　　　　电话：出版管理部（0531）82098756
　　　　　　　　　发行综合部（0531）82705187
　　　　　　网址：www.sdyouyi.com.cn
印　　刷：济南乾丰云印刷科技有限公司

开本：880 mm×1230 mm　　1/32
印张：39.875　　　　　　　字数：900 千字
版次：2022 年 10 月第 1 版　印次：2023 年 9 月第 2 次印刷
定价：180.00 元（全六册）

目 录
CONTENTS

第一辑　乡愁如烟

003　这个晚上
004　相伴
005　星月情缘
006　桥上明月心
008　明月照家还
010　故乡
012　故乡的月亮
014　故乡的梦
016　故乡的土地
018　故乡田园
020　故乡之美
022　森林医生
023　鸭子的风采
025　麻雀
026　蜜蜂
027　蜗牛
028　寒食
029　谷雨
030　倒春寒

032	端午节
034	快乐的童年——写在六一儿童节
036	七夕
038	恋曲
039	归心
041	探亲
042	希冀
044	秋季随想
046	故乡的金秋
048	仲秋之恋
050	栾树之恋
051	蜘蛛之恋
053	石榴的爱
055	雁南飞
057	白露畅想
059	秋分,在丰收节里
061	遍地金黄
063	秋天的浪漫
065	秋补
067	秋韵
069	秋夜遐思
071	秋天的模样(一)
073	秋天的模样(二)
075	老人节的月亮
077	九九重阳
079	暮秋的雨

080　暮秋恋歌
082　立冬
084　冬雨
085　回家的路
087　想你的时候（一）
088　想你的时候（二）
091　写在小年

第二辑　岁月如酒

095　岁月
097　生命的诗意
098　生活如诗
099　海的品格
101　我想你了
103　愿你
105　教师颂
107　酒与人生
108　感恩（一）
109　感恩（二）
111　下雨的时候
113　岁月如歌——写在妻子五十七周岁生日
115　向往
117　远方
118　西藏之旅
120　拉手风琴的老头

- 122 因果
- 124 蚂蚁的哲学
- 126 爱的旋律
- 127 人生如诗
- 128 青春
- 129 光明
- 131 人性的光芒
- 133 幸福人生
- 135 诗酒人生
- 137 梦与诗
- 139 柳叶
- 141 日月交辉
- 143 星月之恋
- 145 秋雨之恋
- 147 一个人的秋天
- 149 唤醒
- 150 迎接黎明
- 152 柳树的性格
- 153 晨雨中畅游
- 154 雨中情
- 156 时光匆匆
- 157 白驹过隙
- 159 人生之旅
- 161 写在第二十三个读书日
- 163 写在母亲节前夜
- 165 好日子

166 夕阳无限好
168 送别2019
170 多情的雨
172 时光
174 小花
175 访友不遇
176 山谷恋歌
177 铁锅赞
179 牵手
180 喜欢有月亮的夜晚
182 岁月不老
184 人生随想（一）
186 人生随想（二）
188 人生随想（三）
190 活着
192 好梦
193 分享
194 和谐·生活
196 明天

第三辑　风景如梦

199 愿等一朵莲
201 黄河谣
203 美丽的早晨
204 四季的风

206 醉美的春天
208 小草的心声
210 迎春花
211 玉兰
212 红槐花
214 杏花
216 杏花村拾趣
218 花卉之美
220 白云
222 惊蛰
224 春之歌
226 春天的风
228 艳阳天
230 三月的春天
232 芳菲四月
234 火红的五月
236 春夏絮语
238 立夏
239 木槿花开
241 流苏
243 夜雨情愫
245 夜雨来访
246 夏夜
248 夏夜冥想
250 夜雨（一）
252 夜雨（二）

253	夜淋漓
255	冰雹带雨
257	甘霖
258	我在秋天等你
260	立秋
262	初秋协奏曲
264	白露
266	露珠
268	寒露
270	寒露迎雨
272	霜降
274	秋的踪影
276	约起月光
277	秋嫁娘
278	霜天里的月季
280	月季之恋
282	秋正浓
284	秋天的颜色
286	深秋的风
288	柿子熟了
290	暮秋晨雾
292	秋的挽留
294	留住深秋
296	冬日恋歌
298	雪的眷恋
299	我喜欢冬天

301　冰临城下
303　冬天的柔情
305　这个冬天很温暖
307　瑞雪至
308　写在大雪
310　冰上之旅
312　雪融

第一辑

乡愁如烟

颠沛流离,离乡背井
儿时的梦想,已成过往

这个晚上

月亮爽约
没有亮相

午间酒后
醉得起不了床

双手掩面
躲向灰色的幕墙

相思的泪
顺着指缝恣意流淌

洒向前额
吻在干裂的唇上

滋润着荒芜的心田
慢慢咀嚼，品尝

相 伴

弯弯的月亮
挂在东南天空

等待久违的老友
昼夜飞翔的大雁

小小的船,两头尖
变成羽翼,化身为雁

列入雁阵,打成一片
寒暄声落叶一般飘洒到地面

照亮前方的路
到天涯到海角,远离冬天

来年,让春风捎来口信
我还做原地的中转站

送别老友
回到日思夜想的北国家园

星月情缘

夜空,只有一颗星星
孤单地陪伴着月亮

重阳节未能回家
颇有些暗自神伤

那就做这颗星星吧
远远地把母亲凝望

无论走向哪里
慈祥的光芒始终把我照亮

伟大的母爱
是我心中永不消失的月亮

桥上明月心

桥,是一枚圆圆的月亮
一半在水中
一半在地上

一位姑娘
撑着雨伞
立在桥中央

打伞
是为遮蔽正午的阳光
还是为
遮挡行人询问的目光

凝望,凝望
雾霭轻起的水面上

一叶扁舟
捞起水中的月亮
载着满船星辉
驶向桥中央

手中的竹篙
高高举过头顶
一并摘下天上的月亮

桥上明月心
一缕皎皎月光
寄姑娘

明月照家还

春运号角
已经吹响
归家的大军
浩浩荡荡

无论车站
码头,机场
熙攘的人群
来自四面,奔向八方

心,似一枚
超音速导弹
定位
家的方向

亲情,孝心
期盼,向往
统统装满了
大小行囊

呼吸急促
路漫漫兮
眨眼之间
只嫌梦多夜长

最牵挂的
是西天的月亮
白昼,不放心太阳
夜晚,值班到曙光初现

哦,月亮
陪我思念
盼我团圆
伴我回故乡

故 乡

何为故乡
故乡是公鸡的一声啼鸣
是烟囱的袅袅炊烟
是玉米粥的缕缕饭香

故乡是母亲擀的葱花油饼
无论身在何处
鏊子上永远烙着故乡的印记

城乡一体化发展
社区模式
村镇换了模样

炊烟越来越稀少
蓝天越来越清爽
公鸡下岗
只做刀俎下的鱼肉

故乡在我们这代人眼中逐渐消亡
二人世界，是许多人的追求

想起了苏轼的"此心安处是吾乡"

少年夫妻老来伴
牵手白头
即使流浪,他乡也是故乡

故乡的内涵
得以无限扩展
走向世界,中国就是故乡

开拓太空
地球是原籍,人类是老乡
这就是未来向往的故乡

故乡的月亮

不知何故,从知天命到花甲
喜欢月亮尤甚于太阳

月亮,从李白的诗里走来
面不改色,一路跌跌撞撞

而我,两鬓已霜染
愿等头顶的灰白
变成月亮的模样

记忆越来越差,心胸越来越窄
每每看到月亮,脑海里就映出故乡

想起了故乡的麦浪
村东环绕山脚的小河
懵懂的憧憬,爱缓缓流淌

颠沛流离,离乡背井
儿时的梦想,已成过往

重拾初心
趁尚能饭,身体还壮
回故乡

故乡的梦

折腾了一夜的雨
倦了,累了
终于在黎明来临时,沉沉睡去

时隐时现的远山
腾云驾雾般
急速地向后隐去

故乡,打开了一片蓝天
热情的白云
在头顶给我遮挡烈日

丝瓜花,笑盈盈地吹着唢呐
花生,小葱,绿油油的玉米
浑身透着乡土气息

醉了,故乡
专程回来看你
在雨后,在伏天
在大暑季节里

寻找羞涩的梦

还有模糊的记忆

故乡的土地

潇潇夜雨,飘洒在
国庆大典后的深秋
是一场大风卷起的
尘埃落定后的洗礼

大地,被荡涤得一干二净
身心顿感清爽惬意
多情的落叶,饱含泪珠
扑进它雄厚宽广的怀抱里

风起,更添瑟瑟寒意
几天的旅途归来
脚上的泥土
还温热着故乡的气息

大街上刚掰的棒子
满地的玉米粒
在斜阳夕照下
金光闪闪,耀眼迷离

忙碌的乡村
到处晾晒着丰收
公鸡的欢鸣
被袅袅炊烟送上了天梯

沿着久违的荒草小径，一路向西
越田埂，跨沟渠
检阅着晚熟的玉米
双脚深深地陷进耕耘过的土地

泥土的芳香，无可抗拒
难以自拔，不忍离去
鞋里灌满了土，也不舍得倒掉
这黄褐的尘粉是故园的印泥

为什么我的眼里常含泪水
因为我对这土地爱得深沉
回望落日余晖，尽管不舍
还是依依挥别这生我养我的土地

故乡田园

鸡啼，奏响了第一声晨曲
叽叽喳喳的麻雀
咕咕叫的春鸠
邻居家的犬吠
交织成乡土气息浓厚的四重奏

多亏它们
留住了梦中的老屋
月亮匆匆跑来相伴
尽管只露出半张俏脸

盛装的啄木鸟梆梆地敲响树干
街上的豆腐挑子匆匆来到门前
豆腐就是我的命
买下整整一担

趁炊烟还未升起
踏着洒满阳光的土路
走向梦中萦绕的田园
郁郁葱葱的麦苗，一眼望不到边

置身于绿色的海洋
荡起了希望满载的船
望着风吹麦浪的景象
迷失在停泊的港湾

喷涌而出的井水
欢快地流向拔节的麦田
树上的老鸹,远远地打招呼
呱呱地扯着庄稼话
附近的野鸡时常把拉呱打断

站在曾经自家的责任田前
兜兜转转,思绪万千
民以食为天
金山银山就是绿水青山

故乡之美

故乡之美
美在地理位置
人文景观
源远流长的历史

她,东依泰山
背靠济南
南临汶水
西接水浒故地

故乡之美
美在上有天堂,下有桃行
王母的蟠桃盛宴
就在这桃花盛开的地方

故乡之美
美在夏天的万顷麦浪
更美在红叶装点的整个村庄

故乡之美

美在枫红的时节
美丽,富饶,优雅

故乡之美
美在小康路上
超前增长的趋势

故乡之美
美在"一带一路"中
有建安之乡的矫健身影

故乡之美,美在梦中
美在摇晃的酒杯里
美在明月的笑靥上

森林医生

美其名曰森林医生
坚硬而长长的嘴
快速地敲打,捉拿大树体内的蛀虫

此医生非彼医生
靓丽的外衣,中看又中用
嘴到病除,不收取任何费用

真是高手
未病而先治
总在春来之前
围着光秃秃的树干望闻问切

是怕惊扰萌芽的出现
还是看到绿油油的叶子
难以平复内心那份早已忘却的激动
不得而知,看它
巡视天空自信满满的样子
是否连同病毒
一并拿下,啄净

鸭子的风采

走在路上
闲庭信步
高昂着头
如绅士一般

边拉着呱
边把双翅别在
摇来晃去的
屁股上面

像一个
高傲的王子
一般人
入不了它的法眼

它的领地
位于江河池塘之间
小鱼小虾
就是可口的美味大餐

安于现状
与杨柳为伍,和水草做伴
听惯了捣衣声
看惯了岸上的袅袅炊烟

它的祖先
曾试图
飞越蓝天
但它毕竟不是大雁

无忧无虑
水陆通吃
呱呱叫着,自由来去
终生随遇而安

麻 雀

麻雀,栖息于檐下
觅食于地面,欢快于枝头
常以时令瓜果满足口福
这就是它全部的幸福向往

它没有跨越大洋的能力
也无法飞越高山
更不能像云雀
穿云破雾,蓝天上翱翔

依附于人类,四季不离不弃
睁眼就家长里短
唠起嗑来不亚于唱一台戏
特别是在雪后的暖阳下

没有鸿鹄之志
安于现状
无怨无悔
灾荒之年从不放弃丰收的梦想

蜜　蜂

蜜蜂
为酿蜜而生，为奉献而活

穿梭往返
不知疲倦，辛勤劳作

知足无虑
整天哼着快乐的歌

从不索取
倾心酿造甜蜜的生活

一位优秀的红娘
辛勤传递爱的秋波

让有情人终成眷属
结出累累硕果

为谁辛苦为谁甜
终生奔劳，奉献一切

蜗 牛

蜗牛
从不放弃背负的行囊

那可是从祖上
继承来的全部家当

无论爬坡、过河
还是踏荆棘、越屏障

尽管气喘吁吁
就算前途渺茫

全部家当
也不过是一座空房

空房那又怎样
驾着房车自在周游,何惧风吹雨狂

不贪,不争,不抢
悠闲地享受一生慢时光

寒　食

寒食节里，海棠
以祭奠亡灵的方式
让花瓣随风飘洒

丁香
褪了它的颜色
只把幽幽的残香留下

李花
圣洁衣装，蜂蝶簇拥着
默哀于坟茔、碑下

低垂的杨柳
早早地打扫墓园，恭听着
地上与地下如泣如诉的对话

难得的晴天
没有泪水，没有烟火
只有清酒三杯，渗入九泉之下

谷　雨

暮春时节，喜逢谷雨
雨生百谷，插秧，播种

牡丹展靓姿，湖水浮萍起
杜鹃声声啼，杨柳正飞絮

布谷鸟咕咕咕咕吹响起床号
麻雀叽叽喳喳抱怨嫌早起

小麦抓住暮春的尾巴
昼夜拔高自己
好给多情的春天
留下美好的记忆

雨水，淅淅沥沥
嗅着空气中清新香甜的味道
闭目小憩

静待池塘蛙声再起
唤醒小荷
引来蜻蜓驻足亲热

倒春寒

晨起锻炼,戴口罩未戴手套
手被风拉了几道口子,皲裂得难看

这就是每年清明前后
春夏之交时晴时阴的倒春寒

狂风,冷雨
飞雪,霜冻,风似刀剪

屋漏偏遇连雨天
供暖断,薄被换成厚棉被

这并不影响斜柳摇曳缠绵
更不耽误青蛙纵情狂欢

香椿芽硬生生长出嫩叶
开始做盘中餐

几多花树,几多芬芳
尽被风吹雨打散

阳光火一般的热情
定会迎来国色天香的牡丹

端午节

端午节
门口放上把艾草
是为驱蚊避邪

吃粽子,煮鸡蛋
为纪念
《天问》《离骚》的作者

屈原,忧民爱国
可屡被奸臣陷害
革职,遭贬,流离失所

一身才华,满腹经纶
不能得以施展
大好年华,终被蹉跎

城破国亡时
怒发冲冠
奋力一跃,魂归汨罗

呜呼哀哉
壮士一别千古
江水滔滔悲歌

龙舟竞渡
战鼓震天
旌旗飘飘,以慰英烈

快乐的童年
——写在六一儿童节

人生犹如电光石火
朝如青丝暮成雪
最闪亮的部分
就是童年的快乐

它就像大海里的浪花一朵
为摆脱母亲的束缚
一次次扑向岸边
寻找属于自己的世界
结交小蟹、虾米、海螺和贝壳

六七十年代的童年
除物资匮乏外,啥都不缺
一切都是纯天然
此生没有白活

年近花甲
儿时的梦想超额实现

也淡忘了许多
但《学习雷锋好榜样》
始终铭刻脑海
是我最爱的歌

七　夕

今日七夕
夫妻二人的情人节
在自己家中度过
温馨，甜蜜，慢饮轻酌

窗外，淅淅沥沥的小雨
为我们演奏着轻音乐
室内，凉爽的空调
唱着夏天浪漫的歌

无需一年等待
没有天河阻隔
一日三餐围坐在餐桌旁
就这样默默相守
我看着你，你看着我

从青丝到霜染
从清贫到过上幸福生活
一步一个脚印
死生契阔，与子成说

执子之手,与子偕老
在天愿作比翼鸟
在地愿为连理枝
我欲与君相知,长命无绝衰
哪怕山无棱,天地合

四季更迭
脸上刻满了年轮的痕迹
余生,微笑拥抱朝晖
牵手夕阳,过神仙眷侣般的生活

恋　曲

雨后，轻纱薄雾
清凉穿透肺腑

健步于孝妇河畔
晨曦，呼之欲出

转角处，露珠映出朝霞
蝉的单曲，伴着广场舞

不远处，羞涩的木槿花
为等我，一夜未合双目

她沉静如紫薇
脸上的清露，欲滴欲诉

此刻，心底涌起一阵眷恋
仿佛回到了初恋的时候

归　心

一阵轰轰的雷声
闷响，似忧郁的低吼

看来，也是想着
匆匆回南方过冬

小雨，拽不住闷雷的脚步
因为，已嗅不到夏天那温暖的气息

尽管是小雨，但把秋天
又向寒凉处推进了一层

仲秋，拥有一年中
最浪漫的画意诗情

蟾宫嫦娥舞倩影
吴刚斫桂九州行

香飘万里山河醉
月圆时节举国庆

望着一地菊黄
注视着月季满脸的泪痕

把思念牵挂装入行囊
早早安排返家的日程

探 亲

千年落寞，孤独伊人
娘家摒弃前嫌，派五弟登门探亲

层层关山，遥遥苍穹
千难万险，姐弟终于重逢相认

临别赠弟一把土
嘱咐捎给母亲

望不久的将来
把地球月球连成一片绿茵

为确保安全返家
安排贴身信物当导引

这就是图像中的玉兔
最早现身的原因

希　冀

烦恼
留在昨夜的梦里
希望
托举起冉冉旭日

残月
迟迟不肯离去
鸟鸣
掀开了今天的记忆

紫薇
挂满了思念的泪滴
栾树
悄悄地做着嫁衣

野菊
留有浪蝶亲吻的痕迹
白云
悠闲地自由来去

星星
捎来故乡的信息
桂花飘香时
就是回家的时候

秋季随想

寒蝉的呜咽
已经沉寂
它伴随着飘零的落叶
把生命交还给大地

麻雀渐渐多了起来
从早到晚喳喳叽叽
像是有什么喜事
噢,到了抱团成家的日子

北雁南飞
为圆去年的梦
昼夜兼程
寻找那段温暖的记忆

该回老家看看了
赶在十月一
和父母团聚
欢度佳节

巡视一下
承包出去的土地
看它是否还认得我
这个常年在外漂泊的游子

去村东头的山冈上
寻觅那株羞涩的野菊
是否记得当年采撷它时
它和我的初恋情人一样动人美丽

故乡的金秋

农历八月，金秋季节
丹桂飘香，硕果遍野
牵牛花用最纯朴的方式
吹着红中泛紫的喇叭
笑迎远方的归客

农历八月，收获的季节
玉米笑盈盈地捋着胡须
欣赏高粱的洒脱
看那金黄的头发
火炬般燃烧在田野

豆子展着稀疏的黄叶
腰间挂满串串金钥匙
正午的阳光
正贪婪地窥视
等待它小憩的那一刻

地瓜几乎绝迹
从小吃它长大的我

每每想起，口中就溢满了酸水
但旧时的苦涩
远远不如幸福和欢乐多

最让我魂牵梦绕的是
故乡的佛桃
它是我的初恋
是我的情人，更像是
母亲甘甜的乳液

它的一颦一笑、喜怒哀乐
始终以心的形象
牢牢地占据着我的心窝
伴我成长，陪我流浪
闯荆棘，涉险滩，超越自我

它更像是一根扯不断的红线
这头拴着故乡
那头在我手里牢牢地攥着
桃乡，是我
一世的牵挂，终生的依托

仲秋之恋

只露出半张脸
就羞红了一片天

到了收获的季节
为何还像初恋少女般娇羞

莫非情到深处
就犹抱琵琶半遮面

思念,又怕相见
那就大步向前

留给你背影
赶快跃出地平线

今晚,准备石榴、桂花
布置好洞房,并把蜡烛点燃

请嫦娥当伴娘
把月牙挂在路边

扯下最后的晚霞
做陪嫁霓裳羽冠

有情人终成眷属
嘴里哼着《爱你到永远》

栾树之恋

收获一季的金碧辉煌
为秋末冬初做嫁衣裳

情窦初开的时候是春天
没看出你和周围有什么异样

常靠着你,望月乘凉
秋风起了
枫叶染唇,柿子点灯
你成了别人的新娘

搭上红盖头之前
让我
再看看你的模样

蜘蛛之恋

秋天
不但是收获的季节
更是
制造浪漫的最佳时段

想爱,人间处处都有爱
只要拥有一颗爱心
温暖的事物随时都会涌现

凉风清爽,草木斑斓
晨练结束
在陡坡的柏树枝上
发现了一个奇观

蜘蛛网上吊着一个
耀眼夺目的花篮

实在不敢相信
近前左看右看
是真的花瓣

正幸福地荡着秋千

大千世界，物种本源
蜘蛛的爱
拉近了与人的距离感

浪漫，惊羡
赶紧用手机记录下
这不可思议的绝世之恋

石榴的爱

你用神采飞扬的青春
情窦初开的脸庞
燃烧了五月
醉了一季风光

拜倒在你脚下的
不只是一拨一拨的蜂蝶
也不只是百灵鸟的欢唱
还有谦谦君子为你痴狂

风餐露宿
日月沧桑
华丽地转身
是为仲秋月圆的良宵美景

硕果累累的树上
你用浑身的能量
孕育了满腹经纶
轻启朱唇皓齿，呼唤心中的情郎

明月高悬
风尘仆仆的影子
蹑手蹑脚来到你的身旁
他就是那个谦谦君子
你日思夜想的情郎

把你采撷,捧在手心,细细端详
新婚之夜,轻轻拥你入怀
把你甜蜜地含在嘴里
深情地放在心上

雁南飞

南飞的大雁
带走了
故乡的炊烟

寒冷的日子
我离故乡
越来越远

儿时起
就想见你一面
至今未能如愿

唉，南飞的大雁
只有在漆黑的夜晚
才听到你的呼唤

你可知
已没有伤害你的猎枪
人类早把你当作伙伴

见你一面
是计你捎个口信
带给双飞燕

花开的时候
结伴归来,在庭堂
摆宴三天,不醉不欢

白露畅想

露白
晶莹透亮
似珍珠
一行行

大地
遍地金黄
草渐衰
菊芬芳

河水
浅饮低唱
蒹葭苍
钓翁忙

池塘
荷残影长
蝉声远
灯惆怅

大雁
收拾行囊
踏征程
返南方

燕子
打点秋装
播种完
归故乡

我呢
车推肩扛
赶仲秋
赏月亮

秋分,在丰收节里

又到秋分
不知怎的,今年的节气
好像是晚了一季
本是耕种时节
可偏偏老家才准备掰棒子

丰收节的序幕,刚刚开启
高粱红,谷子黄
已入仓完毕
刨地瓜,是在收完玉米之后

小时候,擦瓜干的经历
至今难以忘记
夜晚,虽月光如水
但寒彻心肺

虽身披破棉袄
但擦瓜干的双手
早已冻得哆嗦不止
身后虽燃着篝火

夜风的寒彻
根本不能和热被窝相比

扯远了,这是我们
"60后"的记忆
耕种的季节
为什么晚了一季

秋分的心思,完全合乎情理
它携手第二个中国农民丰收节
以最虔诚的善意
向国庆七十周年
献上一份隆重的厚礼

遍地金黄

风轻，云闲
晨露中的笑靥
和梦里一模一样

金鸡菊
像瘦身的向日葵
更像天上的繁星，熠熠闪光

放纵你的
一朵，一簇，一片
阳光下道道光晕
幻化成金色海洋

野兔田野撒欢
鸟儿倾情歌唱
就连对岸的芦苇
也踮起脚尖频频鼓掌

融入你的怀抱
想起了故乡

那千顷麦浪
是否也和你一样

秋天的浪漫

秋天,去看看
去大海边看看
潮涨,潮退,日出
斜阳铺水,渔舟唱晚

蓝天、海鸥、船帆、沙滩
畅游,击水,追逐浪花
蟹正肥,贝正鲜
喝啤酒,必须用大碗

去老家瞧瞧
玉米是否捋着胡须
满嘴的黄牙,金光灿灿
豆叶上的蝈蝈
是否乖乖叫得正欢

苹果、葡萄、梨子、肥桃
早已沐浴完毕
处子般端坐果盘
捂着胸口,望眼欲穿

若有闲情,踏上白云
看鹰击长空,大漠孤烟
观风吹草低,牛羊悠闲
毡包点点,繁星一样灿烂

做个清凉的梦,跨上骏马
寻找当年牧羊的姑娘
狠狠挨上几鞭
记住这个温馨浪漫的夜晚

秋 补

挺过了赤日炎炎
熬走了二伏暑天
终于迎来了朝思暮想的季节
这硕果累累的秋天

秋天
浓缩成一个
想入非非的词语
名字叫丰满

浅秋,恰是进补的时段
一直遵循传统文化
一个汉字"鲜"
伴我生活几十年

想象没有鱼羊的日子
情何以堪
怎能像现在这样
才思敏捷,壮如青年

一个鲜字了得
呼吸新鲜空气,加强体育锻炼
置换新鲜血液
多喝水,多出汗

噢,啰唆了半天
题有点跑偏
吃羊肉火锅时
千万别忘了要盘生鱼片

秋　韵

不怕伏天的尾巴搅起热浪
也不惧秋老虎发威逞强

我始终坚信
一场秋雨一场凉

蝉不分昼夜喊破嗓子
想在白露前留下最后的绝唱

荷不再是当初的豆蔻模样
花的形象已被莲蓬尽收入囊

紫薇因沐浴了秋露的缘故
愈发妖娆动人

有些树叶不等霜来
已吓得脸色蜡黄

说好的枯死枝头
一遇风吹

就各自逃亡

只有石榴不离不弃
默默孕育,悄悄成长

单等中秋月圆时
缠绵于儿女情长

秋夜遐思

夜晚
依然是蟋蟀和蚯蚓的天地
优美的旋律,彻夜不息

蚊子聚集了浑身的能量
把利齿打磨成刀剑
悄无声息地给猎物致命一击

云幕把夜空遮得严严实实
几滴冷雨,穿透封锁
传来阵阵寂寞的秋意

妆台前的嫦娥
无心粉黛,泪痕轻拭
年复一年
只为别人做嫁衣

如果可以
把这冰冷的月宫舍弃
回到情郎温暖的怀抱里

远处,传来了几声犬吠
静谧的夜,难道是
二郎神巡夜至此
怕嫦娥下界,偷偷幽会后羿

秋天的模样（一）

昨夜的雨
淋湿了今晨的秋
一片片桐叶
静卧于河边的道旁

晨雾轻轻擦拭着
它们脸上的泪痕
并悄悄托起
一颗温暖的太阳

些许雾霭
随清凉的风到处游荡
芦苇葳蕤，青草泛黄
善感的柳树，一副悲秋的模样

又见蓝天，秋高气爽
金秋画卷，心神荡漾
蝉蛙倦怠，百虫欢唱

浓露给飞蛾穿上衣裳

路灯把身影继续拉长

透过婆娑竹影
偷窥荷花卸妆
看她怎样
把沉甸甸的莲蓬顶在头上

夜,清凉如水
促织,整夜不停地做着嫁妆
微醺的我
仍在幽梦里徜徉

秋天的模样（二）

秋雨潇潇
一天一夜的紧锣密鼓
终于还原了秋天的模样

该歇的歇了
该黄的黄了
该忙的仍然在忙

窗台下，楼道里
成了促织的作坊
秋临冬不远
抓紧赶制御寒衣裳

草丛中的百虫
像醉酒的歌者
彻夜欢唱

露渐浓
夜已凉
趁微醺，开轩窗

拥薄衾
月无光
酒未酣，找吴刚

梦里寻她千百度
桂花树下相思忙

老人节的月亮

月亮突破云层的围追堵截
准时现身于东边的高楼

早早地守候在树下
凝视着她那愈来愈丰盈的面庞

渐行渐远的秋夜
洒满了如霜的月光

此刻,几百里外的家乡
也应是这般模样

老人节的月亮
是最温暖的明眸

老家的房里
还有一片月光

那是慈祥的岳母
正朝这边凝望

她的寿辰将至
我要返回故乡

九九重阳

岁月静好
我们不老
蔚蓝的天空
是大自然的赐赏

岁岁重阳
今又重阳
万里霜天
秋高气爽

不论登高望远
还是回望故乡
举觞共饮
欢度重阳

不论菊花酒
还是露凝香
惹人沉醉
泪水盈盈念高堂

撷一朵山尖的白云
系一束枫红的念想
待晚上明月敲窗
伴我一起回故乡

暮秋的雨

冷雨,淅淅沥沥
是老人牵挂漂泊在外的儿女
是儿女担忧远在故乡的老人的身体

冷雨,断断续续
是情侣别离时的抽泣
是秋天不忍离我们远去

寒露后的两次冷雨
是天空
对大地的深情厚谊

冷雨
下在播种之际
犹如神助,恰逢其时

冷雨,虫鸣愈来愈稀
露凝霜天,黄叶纷飞
提醒人们天冷了需加衣

暮秋恋歌

熟透了的秋天
想起了我的初恋
风光旖旎的季节
有人寂寞,有人伤感
有人狂欢,有人彻夜难眠

你看远山,没有蜂蝶
色彩更加斑斓。江山如画
银杏、枫叶、柿子、野菊
芬芳四溢,争奇斗艳
这诱人的秋天

想起了洞房花烛
那热泪盈眶的蜡烛
带着最深情的祝愿
映红了我俩甜蜜羞涩的笑脸
啊,这一刻值千金的夜晚

有梦的秋天
繁星点点,灯火阑珊

趁着些许的醉意
回到故乡老院
听雄鸡唤醒黎明
随晨曦走向田间

踏着轻雾
寻找初恋的那份祈盼，那份望眼欲穿
心中按捺不住升腾的火焰
身后伴着袅袅升起的炊烟

立 冬

送走了缠绵浪漫的秋天
迎来了冷冽无情的冬季

秋的痕迹
一时半会
不会轻易消失

河水喧哗着流向远方
成双的野鸭
还卿卿我我度着蜜月

几片红叶
紧紧地依恋着树枝
不肯分离

梧桐丢了蒲扇
阳光下的银杏
风一吹就下起了金色的雨

柔情的细柳

期待着初冬
第一场雪的洗礼

故乡的麦苗
头顶着霜雪
苦苦盼着我的归期

冬天来得早了些
大地依然
还是深秋的样子

冬　雨

黎明，一场急雨
填满了操场的几处水洼
浸润了初冬
干裂已久的土地

它游荡着，不忍离去
心中牵挂枯黄的草木
落叶的悲戚
还有田野里那越冬的麦苗

去吧，不要迟疑
学南飞的大雁
懂得温暖自己
或者，去铺满青石板巷子
挥洒柔情蜜意

去吧，寻找燕子的踪迹
你布线，它穿梭
织出江南最美的冬季

回家的路

醉酒的晚上
看不到星星和月亮
耳边虫鸣唧唧
脚下踉踉跄跄

小区的门,已走了两趟
保安依旧,路灯明亮
对于回家的路
始终感到迷茫

蒙眬间,门口的彩虹
两旁的大象
把我领进小区

小桥,静水
苍柳,蒹葭
荷伞已枯,蜻蜓别恋
蝉蛙早已进入甜蜜的梦乡

倚栏观望

秋露浓，风凉爽
残月明，干脆光了脊梁
找回年少轻狂

最喜宁静的夜晚
春潮无限激荡
精力四射
星月暗淡无光

为了心中的那片海
披荆斩棘
向着太阳
哪怕脚下热血流淌

一片落叶，小心翼翼地
伴在脚旁
蟋蟀的夜曲
唤回了美好的畅想

脚步蹒跚着
望着前面最明的那扇窗
一路向前，直奔家的方向

想你的时候（一）

想你的时候
看月亮
无月的晚上，去池塘
蛙声起，诉衷肠

想你的时候
看月亮
待月牙爬上柳梢
登上它，驶向久违的故乡

想你的时候
看月亮
尽管犹抱琵琶，我知道
你的心，早已被鹿撞飞出胸膛

想你的时候，看月亮
今夜，又圆又亮
说好的，不是明晚吗
明晚，怕你喝醉，错把星星当月亮

想你的时候（二）

想你的时候
心里很暖
尽管夜雨潇潇
孤寂无眠

想你的时候
心里很暖
尽管秋风萧瑟
落叶聚还散

想你的时候
心里很暖
尽管蒹葭苍苍
望断南飞雁

想你的时候
心里很暖
尽管天寒露凝
霜雪一片

想你的时候
心里很暖
尽管星月无光
路灯暗淡

想你的时候
心里很暖
尽管百草枯黄
飞雪漫卷

想你的时候
心里很暖
万山红遍
柿子正甜

想你的时候
心里很暖
菊花怒放
争奇斗艳

想你的时候
心里很暖
蜡梅盛开
笑迎春天

想你的时候

心里很暖
走进闹市
寻灯火阑珊

写在小年

灰色的夜空
像覆盖了厚厚的棉被
星星
做着温馨的美梦

平日里
那双惯于猎艳的眼睛
正狡黠地射向
孤傲清冷的蟾宫

小区里
即使没有凑数的路灯
闪烁的霓虹
光芒也盖过了偷懒单调的繁星

此起彼伏的鞭炮
天女散花的烟火
应接不暇
震耳欲聋

腊月二十三
小年
欢送灶王爷回天述职
春节的味道越来越浓

尽管云遮星月
不掩人头攒动
肩扛，背驮，手牵
归心似箭，日夜兼程

第二辑

岁月如酒

人生的长河
不只有一泻千里的波澜壮阔

也有跌宕起伏
纵横激荡的暗流漩涡

岁　月

道法自然，茶酒问禅
秋染画屏，碧水云天

河水微澜，钓钩悠闲
蒹葭已苍，野鸭正欢

露重雾散，阳光灿烂
叶红花黄，秋色斑斓

结庐山涧，溪流潺潺
松风送爽，脱尘超凡

痛饮大碗，醉倒群山
追云赶日，夕阳无限

登高望远，目送飞雁
近乡情怯，遥望炊烟

儿时玩伴，岁月吹散
偶遇一二，鬓染霜斑

年轮飞转,刀劈斧砍
转瞬之间,便是永年

生命的诗意

人生的长河
不只有一泻千里的波澜壮阔

也有跌宕起伏
纵横激荡的暗流漩涡

时遇岛屿和暗礁的羁绊
但总会激起美丽的浪花朵朵

山重水复疑无路
水至绝境成飞瀑

似万马奔腾,昼夜不歇
向着远方,一路笑语欢歌

尽头是梦醒的地方
回归宁静淡泊、诗意的生活

生活如诗

伏天,星夜
荷风送爽,竹影摇曳

看小河静流
听露珠从草尖轻轻滚落

蛙鸣蝉欢
倩影婆娑

夜来香幽幽芬芳
按捺不住夜的兴奋

姮娥携玉兔
悄悄从蟾宫来过

此刻,只有酒
才能吟唱出浓烈的歌

邀刘伶,唤李白
同饮共醉,狂欢一夜

海的品格

有人说
海是天的蓝,海是地的阔
喜欢大海
胜过周身奔流不息的血液

海是一幅画
海水的墨
流淌至天涯
绘成海天一色

海是儿时的梦
绽放浪花朵朵
绚丽耀眼,刷出了闪亮的贝壳
填平了小小的脚窝

海是一首诗
白云挂上了风帆,夕阳燃起了渔火
旭日喷薄的时候
海面正酝酿着新的生活

海是一支歌
时而沉闷
时而低吼
时而波澜壮阔

汹涌的海浪
拍起千堆雪
海鸥尖叫着
让海浪来得再猛烈些

海是爱情的颜色
无论海水怎么冲撞
礁石始终保持沉默
不闪不躲,坚挺地站着

直至激起美丽的浪花
才是它最开心的一刻

海是我的榜样
心胸像君子一样坦荡宽广
纳百川,吞日月,容天地
有着上善若水的品格

我想你了

我想你了
可我不能告诉你
因为公鸡和凤凰
永远不会待在一个群里

我想你了
可我不能告诉你
因为鸭子和天鹅
永远不会嬉戏在一起

我想你了
可我不能告诉你
因为侏儒和巨人
永远不会齐头并立

我想你了
可我不能告诉你
因为星星和月亮的轨迹
永远交会不到一起

我想你了
可我，真的不能告诉你
只怕告诉你，就会
彻底从内心失去你

愿 你

愿你
像春天的蜜蜂
自由采撷
创造甜蜜的生活

愿你
像夏天的蝴蝶
翩翩起舞
装点靓丽的世界

愿你
像仲秋的圆月
照耀大地
点亮万家灯火

愿你
像冬天的白雪
素裹着盛开的蜡梅
芬芳祖国万里山河

愿你
在四季轮回里
活出自我
活出自己想要的人生

教师颂

一张黑板,五彩斑斓
浇灌幼苗,叶茂枝繁

一支粉笔,纵横自然
指点文字,书写江山

一根教鞭,如刀似剑
所向披靡,直击愚顽

一副花镜,两鬓霜斑
呕心沥血,无悔无怨

三尺讲台,耕耘无边
老骥伏枥,桃李满天

两袖清风,一尘不染
梅兰竹菊,君心可鉴

远离喧嚣,解甲归田
修篱种菊,世外桃源

蜡炬成灰,春蚕到死
尘泥护花,师道风范

酒与人生

从瓶子
倒入酒盅
清香,舒展了柔情

浅饮慢酌
缓缓品味
滴滴点点进腹中

酒,找到知己
圆满了
一生的修行

响动的梵音
醉了
弥勒的心性

唇角微扬
勾勒出
知足的笑容

感　恩（一）

稻谷
越成熟
越懂得感恩

沉甸甸的头颅
虔诚地垂向
生他养他的母亲

锋利的镰刀
割舍了血脉亲情

收获前
老农也
站成稻谷的样子

是谦卑
也为感恩

感　恩（二）

感恩，感谢父母师恩
父母赐予了生命
老师赋予了思想
让我们健康茁壮成长

感恩，感谢天地之恩
阳光，大地
天地之灵气，日月之精华
是赖以生存的源泉、能量

感恩，感谢四季之恩
春风，鸟语花香
夏荫，舒适凉爽
秋月，婵娟故乡明
冬雪，梅花盛装开放

感恩，就像鸟儿感谢天空
无拘无束，自由自在地飞翔
感恩，就像鱼儿感谢大海
搏击海浪，实现挺进深蓝的梦想

感恩,感谢这个时代
安居乐业
瘟疫于萌芽中消亡
摆脱贫困,人人奔向小康

感恩,学会感恩
羊跪乳,鸦反哺
贵人、朋友、兄弟姐妹
缘于生命中的情深意长

下雨的时候

下雨的时候,想起了你
那时你情窦初开
我把爱的种子
悄悄埋藏在心底

下雨的时候,想起了你
电闪雷鸣,你落汤鸡一般
把头上的草帽甩给了你
急匆匆消失在烟雨里

下雨的时候,想起了你
滚烫的雨滴打湿了熟透的玉米
绿油油的叶子遮住头顶
我俩初次零距离相依

下雨的时候,想起了你
想起了四十年前的过去
高中毕业,我当民办教师
冬雨中校门口站着送伞的你

今晨的雨,还在淅淅沥沥
听着均匀的呼吸
看着蒙蒙的雾气
这些年的雨
都回到了眼里

岁月如歌
——写在妻子五十七周岁生日

跟我风雨同舟三十六年
青丝白了又染

八亩地的耕耘
七口人的生活
全靠一双柔弱的肩

累了,倚着地头的杨树偷个懒
困了,和着风箱的呱嗒声同酣

公婆的话唯命是从
公公住院半年
全靠她亲手操办一日三餐

儿女知书达理
多是她一人的功劳

孩子学业有成,大学毕业

又在美国英国读研

归国展翅翱翔
北京上海发展

梦想成真，硕果枝满
桑榆未晚正当年

花甲已近功成就
携手夕阳度百年

向　往

晨曦
给我编织绚烂的梦境
旭日
为我铺就金色的前程

深秋
睁着一夜未合的眼睛
黄色羞赧的面颊上
挂着浓浓的露珠

凉风阵阵，霜天万里
十里长亭，就此别过
待明年重温旧梦，再续恋情

答应了燕子，待繁华落尽
寻着她的足迹前行
她有一所房子
伴我度过温馨的寒冬

最后一波撤退的大雁

在空中导航，引领
我翻山越岭
餐风饮露，昼夜兼程

远 方

晚霞送别夕阳
白云行走在地平线上

我想追赶它们的脚步
身后的影子越拉越长

用足迹丈量整个秋天
草原划归我的故乡

把牛羊毡房装入囊中
尽情收获远方

青稞酒的魅力
分不清脚下的云和头上的雪霜

满眼都是献哈达的姑娘
迷茫的夜,繁星闪亮

醉梦中,向东而眠
那里,是旭日升起的地方

西藏之旅

来到雪域高原
碧空宝石般湛蓝

羊群追逐着白云
携手奔向皑皑远山

布达拉宫圣殿
矗立在天外之天

触手摘星辰
脚踏月亮船

转动所有的经筒
只为梵音洗耳,焚香诵禅

朝圣拉姆拉错神湖
感受它的纯净、神秘、安然

轮回的前世今生
虔诚地凝望湖水,有缘再现

晨曦升起
回望故乡的炊烟

缥缈遥远
仿佛就在脚下、身前

极目远眺
泪水渐渐模糊了双眼

拉手风琴的老头

拉手风琴的老头
岁月沧桑了容颜

光阴的褶皱
挤满了面颊
也爬上了双手

青春已远去
奏出了满目横秋

当然,流淌的
还有大地的丰收

挺拔不再
按捺不住的激情
依然潺潺流出

抚摸键盘,一丝不苟
沉重的叹息
述说着世事沧桑

岁月悠悠

时而哀怨,时而激昂
时而如泣如诉

知天命,善待一切
活出自己想要的样子
青春常驻

因　果

儿子的命运
取决于母亲的性格

女儿的成长
取决于父亲的品德

古今中外
男儿功成名就
大都是母亲用心血浇灌的结果

不让须眉的巾帼
都踏着父亲深深的脚窝

多年琢磨，亲身阅历
到底正不正确

我问春风
鲜花低眉，羞而不说

我问夏荫，赤日说

晒的全部都是干货

我问秋霜,明月说
瓜熟蒂落,那都是今世结的果

我问明镜般的冰,飞舞的雪说
我的生命里,只有梅花来过

莫问,正不正确
时间证明一切

蚂蚁的哲学

到目前为止
蚂蚁有太多的秘密
守口如瓶。当然
即使告诉你,你也不懂蚁语

只局限在眼见为实
它会打洞,会爬树
会预测天气
知道往高处走,最喜欢甜食

从科学上讲
它能举起比自身重几十倍的物体
亲眼所见,一群蚂蚁
降伏一条蚯蚓,并轻轻举起
把落地的秋蝉先全面围攻
再轻松分食。这些都不是秘密

难解的是
风吹不倒,即使
被抛向天空,掉下来

拍拍屁股依然爬行

面对庞然大物
就算被大象狠狠地踏过
从不让路，面色无惧

大道至简
它是智慧与力量的象征
把身体低到尘埃里

按《道德经》哲学
它与人类同属一体
那就
和谐共赢，掌控寰宇

爱的旋律

柳枝,被风越拽越长
越梳越密

眨眼间,变成
长发及腰的少女

左顾右盼的明眸
摇曳生辉的身姿

充满了蓬勃诱人
不可抗拒的青春活力

折一节柳枝
拧个儿时的哨子

嘴里响起了
久违的爱的旋律

人生如诗

人生最美的青春
在开放的大潮中神采飞扬

让溅起的汗水
携手浪花，铸就自己的辉煌

人生最美的幸福
就是伉俪恩爱，情深意长

随日月的沉淀慢慢变老
相依相偎，共度夕阳

把每天过成诗
这就是天堂

青 春

青春,是故乡的田园
那里有酸涩的青杏
有拔节的春笋
还有火火的辣椒

青春,是羞涩的初恋
她让我品尝了等待的滋味
知道雨天拿伞
暗夜打开手电,不见不散

青春,是怀揣梦想
第一次远离故土
在开放的大潮中
劈波逐浪,奋勇划向理想的彼岸

青春,是弯弯的镰刀
在麦浪里收割
脸上的汗水
溢出了幸福的甘甜

光 明

　　2019 年 11 月 12 日，右眼做了白内障切除手术。
　　　　　　　　——题记

朦胧的世界
宛若变幻的迷宫
远处
是别人的风景

百花，夏荷
明月，枫红
还有
蜡梅的玉洁冰清

利剑携着寒光
刺进了锈迹斑斑的黑洞
光明荡涤了尘封的心灵

客厅里，鱼儿嬉戏调情

杜鹃初绽,海棠正盛
红掌
洋溢着笑容,充满春的憧憬

人性的光芒

灵魂
是一堵矮墙
眼睛的光芒
是否穿透魔障

心灵
蒙一层面纱
太阳
揭开它原来的模样

胸怀
遮一道迷雾
月亮,分得清暗礁
及彼岸的灯火辉煌

善良
滋润着脸庞
微笑中
透露着慈祥

让暖阳
温暖心房
让蓝天
把阴霾阻挡

人生主旋律
歌唱的
是正能量

幸福人生

少年家境太贫穷
半饥半裸半寒冷
深秋凉席盖褥单
夜里常常被冻醒

青年离乡背井
去追寻远方的诗和梦
几十年风雨兼程
终不辱使命，梦想成真

光阴荏苒
已至天命之年
满满的幸福
成就感油然而生

待花甲之时
回归故里
重温儿时的欢娱
美丽的憧憬

迎晨曦，送晚霞
看炊烟，闻鸡鸣
诗酒过生活，优雅度人生
修篱闻菊香，邀月共入梦

诗酒人生

喜欢泰戈尔
始于他的一句名言
"有一个夜晚
我烧毁了所有的记忆
从此我的梦就透明了"

"有一天早晨
我扔掉了所有的昨天
从此我的脚步就轻盈了"
学伟大的诗人
烧毁记忆,扔掉昨天

可到头来,始终未能如愿
百思不得其解
忧愁,苦闷,挫折,失败
荆棘遍地,险峰难攀
我心力交瘁,寝食难安

开窍,需鲁班酒后的利斧快斩
欲身心愉悦

诚邀杜刘（杜康、刘伶）二仙
从此，不管风月边关
不论阴晴圆缺

开启诗意生活
醉心把酒问盏
烧掉所有的记忆
开始崭新的一天

痛饮这杯，跟着秋的召唤
听着促织的缠绵声
做一个透明的梦
迈着轻盈的脚步，回故乡看看

梦与诗

从第一次遇见你
你的一切已深深地
印在了我的心里
那高挑的身材
丰腴的身姿
最惹眼的是那长长的辫子

长长的辫子
也没什么了不起
真正挑逗我心灵的
是长长的辫子像钟表的
秒针一样,一刻不停地
在诱人的沟壑间摇来摆去

我按捺不住自己
看好的目标
怎能轻易放弃
我开始追逐
以王的身份显露自己

依照丛林法则，雄起
主宰一切，把想得到的
牢牢掌控在手里
欲速则不达
人怎么能和动物相比

败阵是常有的事
路遥知马力，日久见人心
有月亮的夜晚盼婵娟
有酒的日子就有诗
近在咫尺，获取，早晚的事

柳　叶

上善若水
是圣人的品格

我偏爱
一枚小小的柳叶

它像丘比特之箭
射中了我的心窝

春来它先绿
陪雪一起落

从不扬头自傲
像君子一样垂首谦和

尽管古人对你多有不敬
我照样为你唱赞歌

杨树高大威猛
可佼佼者易折

你纤弱无骨
但柔中带刚,正是太极拳的特点

喜欢你的柔情
欣赏你的执着

当功德圆满时
把你当小金鱼一样捧着

日月交辉

一夜未眠的
月亮
迟迟不肯退场

浓浓的露珠
镶嵌在她
苍白的脸上

喷薄的旭日
编织出万道金光
披在冰凉的月亮身上

他知道
月亮的心事
携手来到广场

伴随着
威武雄壮的音乐
五星红旗迎风飘扬

万千只飞鸽
飞过头顶,迎着
冉冉升起的红日飞翔

月亮悄悄谢幕
安心回家息养
今晚夜空如洗,百虫欢唱

哪曾想,这去而复返的月亮
又活力四射地
把暗夜一扫而光

星月之恋

你是天上的月亮
我是你身旁的星星

你光照大地的时候
我是你头上的矿灯

你是天上的月亮
我是你身旁的星星

你巡视天涯的时候
我站成坐标,指引你回家的路程

你是天上的月亮
我是你身旁的星星

当你游弋海底的时候
我们拧成一股绳

把最暗的夜
照得亮如白昼

你是天上的月亮
我是你身旁的星星

亿万年的轨迹
伴你站成永恒

秋雨之恋

午后,时断时续
夜临,依然霏霏

秋天,越来越像
秋天的样子
落叶簌簌,凉风透背

万籁寂静
虫鸣有气无力
孩子的叫声响亮清脆

凄风苦雨
这是悲秋的词语

我不这样认为
我愿,让雨冲刷天空
让它融入透明的海水

我愿,让雨水
洒向草原

让牛羊更加肥美

我愿，让雨水
沐浴石榴
让一颗颗红宝石晶莹温润

我愿，让雨水湿透全身
尽管冒着感冒的风险
总能洗出一个干净的灵魂

秋雨，洒向人间的甘露
每一寸土地，每一片花草
都留有对你感激的印痕

一个人的秋天

晨曦
托出
一天的希望

落日
把满满的
收获储藏

野菊
在绿茵地毯上
编织金黄的梦

马鞭草
静静地只为
心上人吐露芬芳

秋天
像丰韵的少妇
不停地变幻着艳装

她安排
霜降不来
枫叶不能穿嫁衣

枫叶出嫁
柿子
才能把灯点亮

她把红红的石榴
掩在叶下
等中秋月圆才能品尝

醉人的秋
月亮为你失眠
白云为你癫狂

你高傲的眼神里
只容得下一个人
其他随风飘荡

唤 醒

鸟儿的第一声问候
清晰了窗外的黎明

清梦
随之消散无形

把昨日还给昨日
今晨一切归零

柔柔的风
香中带甜的气息
刺破口罩直达鼻孔

脚步
像赤足一样轻松

心无旁骛
直奔芳草花丛

去唤醒
温柔乡里的蜜蜂

迎接黎明

黎明
无论有没有鸟鸣
你都要将自己唤醒

唤醒的
是新的生命
忘却昨日的旧梦

早起
是一种习惯
是对新一天生活的憧憬

早起
是一种享受
阳光，清风，鸟语花香
无一不是大自然的馈赠

早起
笑迎晨曦，赋予新的希冀
让你怦然心动，信心油然而生

早起
身披万丈霞光
让你热血沸腾，勇气倍增

早起
肩负使命，唤醒沉睡的大地
开启新一天的征程

早起
占领了早晨，就占领了世界
无限风光，尽在早起中

柳树的性格

撒在地上的
小黄鱼
一天比一天多

柳君不等霜剑威逼
抖落一身黄叶
过随风飘舞的生活

春来我先绿
秋到最后脱

走过神采飞扬的青葱岁月
收获岁月的累累硕果

放繁华回归大地
等来年重塑自我

晨雨中畅游

一夜的祈盼
千呼万唤
雨还是来了
尽管在早上的五点

收回晨练的心
不想再打伞，回到屋里
听敲击键盘的晨曲
过安稳的星期天

为等你
抽出一只耳朵彻夜值班
盼你，就像盼当年的新娘
一会儿也不想你迟缓

此刻，雨声盖过鸟鸣
期许如愿
莫错过这美妙的时刻
继续寻找梦中的田园

雨中情

晚餐
确实吃得很晚
一般都在八九点钟

一个人的时候
喜欢红酒,从果香或
橡木桶的味道中酝酿诗情

腹稿来自
耳目所及的地方
像晨练中的汗水汩汩涌出

今夜无心写诗
我在等,等一场即将到来的暴雨
窗外,黑暗裹着寂静

寂静得只剩下蛙鼓、虫鸣
蝉早已躲得无影无踪

四十年前的那场暴雨闪电下

一个光着膀子的落汤鸡
在泥泞里踽踽独行

偶然的善举
邂逅了一场美丽的梦……

暑天,时常遇雨
给我撑伞的是公园的凉亭

久下不停
一个电话,雨伞送到手中
梦到现在,恍若一生
但愿长醉,不愿醒

时光匆匆

树上的杏渐熟
像乌云散落的几颗星星

谢幕
不过就几天的日程

这何尝不是
风雨沧桑的人生

从青涩豆蔻,到郁郁葱葱
从风华正茂,到斜阳残红

年轮,扼杀了一树芳华
岁月,拉长了孤单身影

日出日落,汐退潮涌
万物如斯,亘古永恒

白驹过隙

荷风
把白云一次次送到天上
碧空下
白云犹如莲花般朵朵绽放

多想
跟随白云回到故乡
看泛着青波的麦浪
是否汇成了黄色的海洋

看水瓮后边的石榴
是否繁花依旧
金色的花蕊里
是否还藏着当年
我和蜜蜂一样的梦想

看磨道旁窨子跟前的枣树
是否裂开了黝黑的皴皮
等我给它脱去冬天的衣装
叶下的米粒,是否已散发出枣花儿香

堂屋西面的老槐树
叶子做粥喝,是春天最好的食粮
青线虫子像穿绿军装的消防员
攀缘绳索,半空中荡秋千一样

五月槐花芳香浓郁
快了
槐米晒干当茶饮
润肺、解毒、清凉

顺便看望儿时的伙伴
被日月雕琢打磨的样子
有的已经藏匿
照片挂在墙上

太多的思绪,太多的感慨
人生若白驹过隙
转瞬即逝
一切皆是过往

人生之旅

零碎的日子
缝补在一起
就是完整的人生

尽管前行的道路
疙疙瘩瘩
坑洼不平

有幸来到世上
就要搏击浪花
诗意征程

闲时
访友，品茶
喝酒，纵情山水

静时
观云，听雨
赏月，泼墨丹青

暮年
一块田、一片竹
斗笠布衣,与世无争

写在第二十三个读书日

人可一日无食
不可一日无书
以书为伴
烟火就成了诗篇

天地闲人一书房
世间春秋胸中藏
躲进陋室成一统
独与圣贤话沧桑

少年读书,如隙中望月
中年读书,如庭中望月
老年读书,如台上玩月

忧愁非书不释
愤怒非书不解
精神非书不振
书能净化灵魂,让人看淡人生

白云苍狗,云卷云舒

坚持天天读书
不忘日日走路
追逐远方的诗
守护心中的田园

写在母亲节前夜

母亲,是世上
最崇高的字眼
她把无私的爱留给子孙
一生默默奉献

她以博大的胸怀
温暖启发我
在未来的世界里
直面人生苦难

母亲今年八十一岁
耄耋之年的她
腿有些瘸,耳有些聋
头发早已失去了光泽
斑白如枯草

母亲的爱好就是喝茶看电视
有时还偷偷抽支烟
喜欢老掉牙的连续剧
看里边的家长里短

明天去看望母亲
连同很多很多的妈妈
就包一餐朴素的水饺
包成一份特殊的荣耀

让她们知道
有一个日子
专属于母亲这个称号

好日子

凌晨,鞭炮声接连响起
至六点,还时断时续

不用查皇历,今天
是宜乔迁开业嫁娶的日子

傍晚,星星早早睁开狡黠的大眼
准备偷窥洞房之夜的秘密

晚饭时,蛙鸣
穿透猩红的酒杯
搅起层层涟漪

我举杯会意,它在
深情呼唤莲的归期

小区人稀,清风徐徐
窗口的灯光,一个一个熄灭

趁良辰美景,吉日佳期
去梦里重温花烛之喜

夕阳无限好

年届花甲
感觉肩上的担子
并未减轻多少

本该含饴弄孙
调教鹦鹉
细品茶道

结缘山水
以酒会友
尽享人自然赐予的美妙

却与道魔纠缠
四十年鏖战
难见分晓

人生
何尝不是一次西天取经
真经到手磨难自消

老骥伏枥
壮志不移
风雨兼程乐逍遥

青丝换白发
晨曦映彩霞
最美的风景是夕阳无限好

送别 2019

午后的天
湛蓝
暖风轻拂
春光乍现

山水美
扬帆的船
一艘艘
驶向深蓝

小桥
松挺
竹绿
雀跃狂欢

一杯红酒
装满四季
灯光下
璀璨微澜

不迟疑
不遗憾
干下这杯
苦辣酸甜

重酿日月
再塑华年
明天
阳光更灿，更暖

多情的雨

预报说，昨夜今晨有雨
早五点，习惯性地
侧耳听窗外，漆黑一片
哪有雨的踪迹

带着疑虑，打开阳台的窗子
几滴雨点凉丝丝地滑过手指
噢，确实下雨
尽管淅淅沥沥

那它为啥无声无息
难道知晓我偶尔失眠
怕影响我休息
啊，这温柔的雨，多么善解人意

不，不，也许
这是秋天的最后一场雨
此刻正在暗自神伤
悄然悲戚

也许，送走了秋天
它就不再是雨
以靓丽夺目的姿态
横扫寒天冰地

啊，这多情的雨
把柔情敛在心底

时 光

做一片落叶
脱离树的羁绊
自由自在,随风飘散
虽是暂时的欢娱
但不枉来一趟世间

做一朵白云
飘荡在蓝天
来去自如,心无挂念
驾着轻风悠闲自在
或驻足观望,看秋色斑斓

做一缕暖阳
让凝霜的露
变回它原来的模样
继续滋润干裂的土地
抚慰衰草枯枝的忧伤

做一束亮光
无月的晚上

让夜行者不再惧怕黑暗
前途一片光明

而今,做一个安静的看客
沉舟侧畔千帆过,病树前头万木春
花甲已近,后浪倾覆前浪
一江春水,正浩浩荡荡,锐不可当

小　花

不知名的小花
悄悄地长在石头夹缝

也许它不需要阳光
只要空气和风

地面的养分
不占，不抢，从不眼红

它既不漂亮，也不柔情
不会显摆，更不懂争宠

错过了时节，坚守着寂寞
保持那份美丽的心情

躲在红枫灿菊后面
享受霜天赐予它的清冷，荣辱不惊

静静地怒放
这多彩、圣洁、倔强的生命

访友不遇

那一歪头的甜蜜温柔
让春心荡漾了整个下午

暮秋时节,访友不遇
可柿子树下,大饱了一顿眼福

枫红为之陶醉,翠柏笑着点头
浪波前呼后拥,傲菊为之折服

倦鸟忘了归林
夕阳迟迟不肯落幕

顾盼生辉的双眸,像一泓泉
摄出了晚秋最美的画图

素洁的姿态,如出水芙蓉
清纯得不含一丝媚俗
洁白无瑕,一剪梅的风骨

山谷恋歌

我听见
山谷里的那条小河
唱着你心中的
那首情歌

流水潺潺
松风穿壑
瓜果飘香
枫红遍野

山的情，鸟的语
还有挂满红柿子的那条胳膊
声声召唤着我
再次蹚过了那条弯弯的小河

重拾旧时的温馨岁月
品尝初恋的羞涩
找回久违的
小鹿撞怀的甜蜜感觉

铁锅赞

生活
就像是一口铁锅
耐得住煎熬
挺得住烈火的烧烤

品尝酸甜苦辣
忍受着敲打、刮擦
还有出气筒般的折磨
自己却忍饥挨饿

时冷时热的温度
没有周末
即使节假日
也与它擦身而过

只有深夜
才能片刻清静安歇
可又害怕
那长长的孤独寂寞

烟熏火燎的岁月
纵是钢铁身躯
也有坚持不住的脆弱
那一天,变成了废铁

这铁锅,多像
我们一生的折射
用自己的全部
喂养了几代人的生活

直到生命的终点
还铁骨铮铮
用别人不屑一顾的价值
奉献自己的余热

牵 手

尽管你不言不语
始终静默
我也深深地爱上了你

爱你的樱唇、蒜鼻
勾人的双眸
还有眉宇间那摄人心魄的英气

从此,不管春夏秋冬
风霜雪雨
与你携手并肩,不离不弃

筑梦前行
奋斗不止,勇闯荆棘
实现梦想,共同富裕

现如今,我们笑看黄叶纷飞
在斜阳余晖里
拉长至亲至爱的影子

喜欢有月亮的夜晚

喜欢有月亮的夜晚
它能给我寄托
给我无限的遐思
窗外柔柔的月光射进来
心中满满的温暖

喜欢有月亮的夜晚
小学时,道路崎岖不平,瓦砾遍地
雨天道路泥泞湿滑,光着脚绾着裤腿
蹚着月光,眼前银辉一片

喜欢有月亮的夜晚
20世纪70年代,白天刨地瓜
晚上擦瓜干
一片片地摆晒,不能压摞
月光悄悄陪伴着我
为我亮起温柔的灯盏

喜欢有月亮的夜晚
1983年的冬天

与未婚妻携手并肩
看银色夜幕下
长满希望的麦田

白银般的月光
把我俩的影子
一会儿拉长，一会儿拉短
几颗狡黠的星星
始终躲在身后窥探

喜欢有月亮的夜晚
1984年的腊月初六
月牙悄悄地
来到东屋山头，站岗值班
院内灯火通明，彻夜不眠

车动铃响时
新娘子已到漆黑的大门前
紧要关头，月亮失色，电灯慌乱
只听咕咚一声，我给送亲的队伍
诚心诚意地拜了个早安

岁月不老

岁月催不老容颜
心中有个桃花源
春天,蜜蜂辛勤劳作
夏日,蝴蝶翩翩起舞

岁月催不老容颜
爱情天天保鲜
摘下仲秋明月
永挂于心间
有情眷属,天天依恋

岁月催不老容颜
插一段红梅
给冰清如雪的心田
吐一缕芳香
迎来灿烂的春天

岁月催不老容颜
旭日冉冉升起
夕阳徐徐下山

共享彩霞满天

岁月催不老容颜
日落依然
朝阳照样绽出
活力四射的笑脸

人生随想（一）

谁都想
心想事成

但事成的路上
叠嶂千万层

不付出大量的汗水
不踏过荆棘
哪能心想事成

人都爱做梦
梦想一夜暴富
梦想天上掉馅饼

如果
不拼搏，不奋斗
只是南柯一梦

谁都想有个
远大的前程

要么做官,要么是富翁
要么三百六十行
做个排头兵

但前提是
你的素养能否
撑起你的道行

譬如,善良
慈悲、知识、胸怀
还有厚德载物的本能

人生
就是一个
禅悟的过程

不断犯错
不断改正
待修成正果,就不枉一生

功德圆满
才是
人生最大的成功

人生随想(二)

人生
就像一轮明月
镶嵌在
无垠的天宫
虽圆满,但残缺不定

人生
就像一道流星
划过长长的夜空
虽耀眼,但转瞬无踪

人生
就像雨后的彩虹
装饰了天边
虽短暂,但魅力无穷

人生
就像一阵清风
四季里穿行
虽自在,但也遭遇严冬

人生
就像一部小说
精彩纷呈。虽诱人
但酸甜苦辣杂糅在其中

人生
就像一场电影
生死贯穿始终。虽精彩
但终归尘埃落定

人生
从蹒跚迎朝阳
到躺着听晚钟。虽短暂
但把瞬间过成永恒

人生随想（三）

人生是一场修行
道路险阻且漫长

鲜花，陷阱，荆棘丛生
成功，失败，遍体鳞伤

时而蜂飞蝶舞马蹄得意
又遇电闪雷鸣折戟沉沙

学乌云翻滚中的海燕劈波斩浪
不做金丝笼中的鹦鹉巧舌如簧

做搏击蓝天的雄鹰志向远大
不学矮檐下的麻雀目光短浅

顺境时风正一帆悬
白云飘逸万千气象

逆旅中沙漠之舟步履维艰
挺进的方向是绿洲还是荒漠

泊温馨的港湾需涉险滩远航
享鸟语花香要攀过险峻的山峰

活　着

什么叫生活
生活就是生出来，活下去
从脱离娘胎，呱呱坠地，到攥拳啼哭
勇敢地活下去
是来到这个世上的唯一目的

孩提时代的活着
玩耍是第一要务
尽管饥寒交迫，衣不蔽体
那却是一生最快乐的时光

年龄的增长不可阻挡
就像庄稼有充足的养分一样
茁壮而有朝气
思绪充斥着大脑，开始思考
人活着的意义

打拼，立足，建功立业
有了属于自己的天地
在繁衍生息的过程里

常常听到梦中的叹息

顽强地活着
坚挺的脊梁,厚实的胸肌
为老老小小,努力搏杀
活着,着实不易

熬到天命,两鬓霜染,遍体鳞伤
一壶浊酒,陪伴左右
借以慰藉冷却的心
驱散风霜雪雨侵袭的湿寒之气
好好地活着,余生该有福气

好 梦

夜
微凉
蛙已歇
虫浅唱

酒
酣畅
飞蛾舞
路灯黄

风
清爽
月正明
照轩窗

晨
子时
困意袭
入梦乡

分 享

最美的风景
不喜欢一个人观赏
愿和心爱的人
共同欣赏

最美的食物
不喜欢一个人独尝
愿和自己的家人
一起分享

立志的誓言
不要默念于胸腔
大声喊出来
扩散身边的正能量

丰收的果实
不需要储藏
待到月圆时
举国共品尝

和谐·生活

蜜蜂
穿梭于花海，辛勤劳作
嘴里哼着我的未来不是梦
天天酿造甜蜜的生活

青蛙
是个鼓手，常常自娱自乐
我近前时，它扑通扎到水里
双手举着荷伞
巡视猎物，也警惕着我

蜻蜓
唱着无声的歌，能点水，会戏荷
当过我的俘虏，尽管行动迅捷
儿时的打麦场上，被我用扫帚捕捉

知了
在来的路上
蝉噪的时候，地上比鏊子还热
蝉失声的时候，我晚上还睡不着

蚂蚁
天热时，钻进洞穴
下雨天，往高处躲
天生神力，糖是它致命的诱惑

生命，生动，生活
自然，自由，自我
万物和谐，皆是欢歌

明 天

既然青春飞扬
眼中
为何还有忧伤

是一场美丽的梦
还是
感叹命运无常

忘掉昨天
向着旭日升起的地方
重塑形象

追逐远方的诗和梦
明天,更辉煌

第三辑

风景如梦

此刻做个归人,不是过客
趁三月的柳絮不飞
燕归来,共筑春梦
众香国里,自由烂漫

愿等一朵莲

江南
烟雨霏霏,荷叶田田
水草茂盛,稻浪无边

江南
小桥流水,兰舟催发
酒旗猎猎
捣衣声连成一片

江南
花儿娇媚,柳丝缱绻
白云依恋着蓝天

江南
在雨巷中,踏着青色石板
追随前面
那把结着愁怨的油纸伞

江南
美女如云,明眸皓齿

手如柔荑
臂如丰腴洁白的藕段

江南
愿在此等一朵莲
痴痴守望
不论是在雨中还是霜天

黄河谣

黄河磅礴
壮怀激烈

高粱柔情
爱如烈火

鲤鱼,红荷般
激荡着涟漪

月亮
不管阴晴圆缺

不管风雨
雷电霜雪

一如既往
挥洒皎洁的清辉

跃龙门
涉险滩

勇闯九曲十八弯
一路欢歌

腾龙入海
融成海天一色

美丽的早晨

雄鸡唱开了白昼的大门
惊醒了睡梦中的佳人

睁着惺忪的双眼
脸上泛着淡淡的红晕

纤纤玉指抚上琴弦
万道霞光跃出了地平线

霜雪虔诚地含着泪珠
跪拜女神

嘹亮的军号响起
伴着晨曦缓缓的步调

国歌声里
五星红旗冉冉升起

飞鸽欢快地掠过头顶
又是一个美丽的早晨

四季的风

四季的风
顺应四时
温度随季节而变换

春天
为了萌芽、草绿、花开
她会变得格外柔和温暖

夏天
为了驱散蚊蝇,赶走暑气
让女人更性感
她会更加开放大胆

秋天
为了获得明月的青睐和丰收的果实
她会变得时而凉爽,时而急躁冒烟

冬天
大雪覆盖万物,白草折断
她会变得刀子一般锋利

如果说上善若水是人的最高品质
那么风的四季
就是《道德经》里的道法自然

醉美的春天

三月
最美的季节
堤柳如烟,风吹不寒
莺啼燕啭,丽日蓝天

桃花红
梨花白,菜花黄
蜂蝶舞翩翩
醉了人间

北归的大雁
请在黄鹤楼驻足
给出征的勇士
捎回平安

寻巢的燕子
请采撷一朵武大的樱花
给最美的天使
戴上花环

嗒嗒的马蹄
再次敲响
江汉路上的青石板

此刻做个归人，不是过客
趁三月的柳絮不飞
燕归来，共筑春梦
众香国里，自由烂漫

小草的心声

小草终于冲破了黑暗
迎来破晓的黎明

雀鸟开始了早课
在枝头上大声地朗诵

头顶的积雪荡然无存
去年的寒风,已刮得没了踪影

迎春花露出灿烂的笑靥
远处传来高跟鞋的嗒嗒声

伸伸懒腰,吸一口丹田气
眨巴眨巴眼睛

让露珠轻轻滑过前胸
清洗一下沉睡了整个冬天的心灵

抖擞精神
静待花香蝶舞,夏荷蛙鸣

还有那秋风蝉声远
明月情侣醉枫红

不虚此生,哪怕
再一次回到白雪皑皑的严冬

迎春花

你的名字
藏着人们赋予你的崇高荣誉
因为
你是春天最美丽的信使

你的名字
藏着让人们佩服的勇气
因为你是春寒料峭里
抖落残雪迎接艳阳的旗帜

人们赞美你高贵的品质
不论在悬崖、道旁还是废墟
你都是不折不扣的正黄旗

你大智若愚
当万紫千红蜂蝶翩飞时
就渐渐隐去,避于尘世

玉 兰

白昼的蝴蝶
栖息于傲挺的树冠

夜晚的繁星
闪烁着璀璨的光芒

圣洁的凤凰
寻找爱情的春天

起舞的仙子
翩翩降落人间

这就是玉洁冰清
超凡脱俗的玉兰

以妻子的名誉
唱响整个春天

来世还叫玉兰
哪怕沧海桑田,海枯石烂

红槐花

四月最后一天
槐花烂漫芬芳
空气中那甜丝丝的馨香
直冲鼻腔

深吸几口
直达心肺
顿觉神清气爽

儿时,爬到树上
捋着一嘟噜一嘟噜的槐花填到嘴里
大快朵颐,心中念想
要有红槐花就让她当新娘

今晨,一阵香甜的味道
引得我抬头搜寻
一棵红槐花
正朝我散发着火焰般燃烧的光芒

我箭步向前,顾不得

旁边白槐花的拼命阻挡
难道这就是梦里
寻她千百度的姑娘

不错，看她
略显羞涩又神采奕奕的脸庞
而今终于如愿以偿

我赶紧掏出手机
抑制住起伏的胸膛
她梳理了一下长发，整了整衣袂
把最深情的爱意
铭刻在了我心上

杏 花

香甜的味道
沁人心脾
那是杏花奉献的芬芳

楼后的几棵杏树
一夜之间雪满枝头
素裹银装

婀娜的身姿
粉嫩的面庞
活脱脱一个柔美娇娘

绽放的青春
诱人的模样
增添了春天的魅力

散发着馨香
四处飘荡
让荷尔蒙迅速飙升
雀鸟不敢近旁

心有不甘地唠叨
远远地站岗瞭望

等雨的洗礼
等蜂蝶甜蜜的情话
还是
随风飞向远方

杏花村拾趣

杏花
从含苞待开，到胭脂面颊
从白衣飘飘，到绝代风华

千年风采
引无数骚客折腰
唐诗宋词
那枝红杏美了诗行

沿着杜牧的足迹
闻着杏花村的酒香
拾级而上
春情恣意勃发

寻找杏仙雨润红姿娇
桃李芳菲，不如我春意枝头闹
佳人近咫尺，无须寻天涯

馨香沁脾
多想一亲芳泽

又怕护花使者醋意大发
被狠狠蜇一下

悄悄折一枝
留待清明，纷纷泪洒

花卉之美

花卉之美
如春天的豆蔻少女
青春，靓丽，芬芳四溢

花卉之美
如夏天蓬勃葳蕤的野菊
金光流彩，蜂蝶逐飞

花卉之美
如秋天丰腴的少妇
明月晨昏颠倒，浓露打湿情侣

花卉之美
是赴一场风花雪月
用圣洁的心拂去梅花的泪滴

花卉之美
美不过女人的兰心蕙质
这女人永驻我心底

至纯至善的品格
优雅于牡丹、玫瑰
世上的花卉都不能与她比拟

白　云

谷雨刚播种
今晨就开出棉花朵朵
让人倍感温暖，讶然

难道真的是
天上一天，地上一年

一片片，一团团
像一群飞奔的羊
寻找着草原、远山

洁白，飘逸，悠闲
越发衬托出碧空湛蓝、高远

并未久留
很快就从头顶倏忽不见

也许是和温暖的风
互生情愫，产生了爱恋

春风带着花香
摘走了她的心，携手到天边

惊　蛰

感恩季节
让休眠了一冬的万千昆虫
终于破土复活

感恩季节
桃树、梨树、海棠
绽出了迷人的花朵

感恩季节
迎春、油菜、朝阳
怒放出灿烂的金色

感恩季节
羞羞的樱花
期待着翩翩起舞的蜂蝶

感恩季节
拔高的麦苗，春耕的田野
传来了布谷的声声啼鸣

感恩季节
柳丝抛出少女般的媚眼
引得黄鹂为它梳妆、唱歌

感恩季节
蛰伏期过,奔走欢呼,开门纳客
齐举觞,共欢乐

春之歌

时至仲春,气温飙升
春意渐浓
汗水流过面颊

春天,轮回之首
合抱之木,生于毫末
九层之台,起于累土
千里之行,始于足下

春天,万物复苏
播种生长的季节
春种一粒粟,秋收万颗籽
春栽一棵树,绿荫一片夏

十年树木,百年树人
栽好儿童之树
浇水,施肥,培根
使之健康茁壮,长成栋梁,撑起华夏

春鸠催耕,播种桑麻

晨曦烟柳，陇上影斜
麦青于野，灌溉节拔
迎春隐绿，桃杏花发

春风，春雨，春孕百花
春水，春晓，春梦佳话
但愿长醉不愿醒
江湖风雨洗芳华

春天的风

风
不论你从哪个方向来
都是春风
因为拂面不寒,雨水对你最衷情

风
不论你从哪个方向来
都是春风
尽管有时脾气暴躁,扑面扬尘
仍难掩众人欢喜的笑容

风
不论你从哪个方向来
都是春风
你泼墨于山水,绣出优美的画屏

风
不论你从哪个方向来
都是春风
你走过的地方
除了鸟语花香,还能唤醒人们的初梦

风
不论你从哪个方向来
都是春风
你赶走雾霾,牵着白云悠悠前行
多像我儿时放飞风筝

风
不论你从哪个方向来
都是春风
可让女人掀起裙摆,飘逸长发
让男人袒露广阔的心胸

风
不论你从哪个方向来
都是春风
因为春风不刮,秋雨难望
你来农民就心安,这可关系一年的收成

风
不论你从哪个方向来
都是春风
你刮,涟漪就荡漾心中
我想约着北归的燕子回到故乡,重温旧梦

艳阳天

连续几场雨水绵绵
月亮,歇息在乌云后面

一缕春风一场雨
一场春雨春烂漫

春天,正挽起袖子大步向前
赶走了早春里的最后一抹凉寒

踏绿了陌野、山川
让湖水荡漾起爱的微澜

信手一拈
把樱花桃花杏花的春心点燃

长袖一挥
蜂蝶舞翩翩,燕子回家园

雄鹰赶走了雾霾
艳阳万里,碧空蔚蓝

今夜，隔窗期盼
许情侣花好月圆

待明日，放逐心情
随百鸟回归自然

三月的春天

三月的春天
像一个盛满鲜花的竹篮
依次撒出五颜六色的花瓣
让人目不暇接,意马心猿

三月的春天
像高超的魔术师
唤醒沙暖中的鸳鸯
把双宿双飞的燕子
玩弄于股掌之间

三月的春天
像李白的绣口
吐出大唐的繁花似锦,杨柳如烟
遍地是江南

三月的春天
是故乡的炊烟
雄鸡唤醒黎明,布谷唱响田园
黄狗吠开大门,晨光洒满小院

三月的春天
香甜迷雾蔓延
刚在暮春里醒来
就去夏荷中采莲

芳菲四月

东风劲吹
杨柳依依
又到四月飞花时

桃李芳菲
杏花入泥
海棠片片撒满地

流水潺潺
小桥亭立
翠竹连翘各东西

阴霾散尽
碧空如洗
南来北往人熙熙

公园梦醒
盎然生机
剑光拳影伴晨曦

划舟轻荡
水波涟漪
情侣岸上闻玉笛

耕种交替
陌野千绿
鹧鸪声声野鸡啼

明月皎洁
蛙声又起
酒酣乘兴寻仙子

火红的五月

五月
熬过了繁花似锦
穿越了芳菲四月
娉婷地走进初夏时节

蔷薇
由最初的羞涩
经几次心雨的点拨
变得愈发魅力四射

石榴
从墨绿的叶间
探出串串花骨朵
眯缝着眼,吹起了喇叭
让多情的蜂蝶拜倒在
她的裙下,欲死欲活

月季
属于老情人类别
经过夏雨的沐浴

似洗却凡尘的仙子
霓裳羽衣,更加勾魂摄魄

还有那池塘的
绿衣菡萏
清水出芙蓉
管她是莲还是荷

既然露出甜甜的笑靥
就免不了被蜻蜓一亲芳泽
虽然青蛙气得瞪眼鼓肚
骂声不绝

我等那攀缘的凌霄
待蝉唱响校歌
给一队队红领巾
献上靓丽的花朵

春夏絮语

心有灵犀
瞥见一弯新月
不久又从西楼消失

此刻，蛙未鸣
虫未哼
风温暖，红酒还未开启

春已远，芳菲渐去
桃李杏花，丁香海棠
雨打零落碾作尘

几天前花枝招展的紫藤流苏
被雨折腾得
如林黛玉般弱柳扶风

早晨，斑鸠依旧咕咕地叫
杨树叶哗啦啦拍着巴掌
啄木鸟正紧锣密鼓地敲打树枝

娇羞的月季百思不解
这是欢送春天的离去
还是迎接来临的夏季

立 夏

送走了一茬一茬的花香
独留蔷薇守在门前

用盛世芬芳
迎接初夏踏进幽静庭院

昨夜,依依惜别了春天
尽管浑身湿透,泪雨满面

温润的雨水
缓解了干渴的心田

夏风轻裹荷香
轻轻地从身边走过

接纳新的季节
迎接美好的明天

木槿花开

一夜之间
木槿花静静绽放

趁蜂蝶未醒
拍下她羞怯带紫的俏模样

面颊上有泪水滑落的痕迹
是喜悦,还是忧伤

只能问昨夜的红娘
那满腹心事的月亮

六月,火热而多情
花草可着性子疯狂

轻轻摘一片花瓣
放进嘴里细细品尝

一股清新香甜的味道
直达心脾

没错，还是那样

童年的感觉
快乐的旧时光

流 苏

躲开了
似锦的花期
娉婷于
浪漫的雨季

如瑶台
下凡的仙子
似大雪
压满了琼枝

皓齿
笑靥甜蜜
蜂蝶
避之,不敢造次

护花使者
柳絮翻飞
紫藤守护
形影不离

不拒绝
人们的合影
更喜欢
听赞美诗句

这就是
流苏的性情
洁身自爱
端庄高雅，脱俗大气

夜雨情愫

雨披着夜幕的外衣
屏蔽了星月
赶在晚饭前
羞答答地翩然而至

入夏来的第一场雨
我自然不敢怠慢
走出家门
感受这凉丝丝的惬意

雨滴轻打着密发和身体
把春天的眷恋缠绵
轻轻荡涤

何以解忧,我听着
这湿漉漉的雨
赏良辰美景,很快就醉眼迷离

明晨,打着伞去池塘
消了莲的心事

趁蜻蜓未到，青蛙在睡梦里

顺便来一场告白
月季虽美
但浑身长满了刺

夜雨来访

夜静谧
蛙歇息
虫鸣偶尔唧唧

凉风刚至
雨便追来
已听到
急促的呼吸

树叶
支棱起耳朵
小草
挺直了身子

路灯
睁开惺忪的双眼
只有星星
沉沉地睡去

夏 夜

夏夜的美妙
在于月圆月缺
白的云，黄的云，黑的云
就像故乡的炊烟
袅袅娜娜，匆匆晃过

夏夜的美妙
在于群星璀璨，闪烁
闪烁于河流
伴着低低细语，波光粼粼
闪烁于柳梢头
窃听下面缠绵的诉说

夏夜的美妙
在于悦耳的音乐
蛙鼓，蝉鸣，百虫交相欢歌
莲的心事，荷的愉悦
芦苇，竹影，尽情婆娑

夏夜的美妙

在于一阵清风穿过窗口
随便坐上餐桌
我本该拒绝,怎奈山东人好客
只好再斟一杯
先干为敬,敬这迷人的夏夜

夏夜冥想

盛一壶月光
邀李白在蔷薇花下
较一下酒量
酒钱不用操心,只管淋漓酣畅

可让月徘徊,可让姮娥舞
大不了痛饮到天亮
蝴蝶用翅膀送来清爽
蜜蜂热情地掬来花香

再叫多嘴的麻雀
熬一碗心灵鸡汤
让你那高傲的头颅
屈从于温暖的柔肠

至于大唐,就抛到九霄云外
那只是一段久远的过往
你只管再一吐绣口
把江南的莲移到北方的池塘

我让蛙为你鼓掌,让蝉为你歌唱
这样,也不枉和你神交一场
若不行,就请明皇为你
重奏那《霓裳羽衣曲》

夜 雨(一)

夜八点半
下楼去吃晚饭
豆大的雨滴劈头盖脸打来
是预料中的必然

久违了
这份凉飕飕的惬意
赶紧掏出手机
玩一下雨中浪漫

忽然,夜莺的声音传来
不懂它的语言
到底对雨是喜欢还是反感

喜欢,因为
南方的水灾把老鼠都灌出了地面
反感,因为
今夜约会时没带雨伞

没带雨伞,小东西

这些与我何干
启开一瓶红酒
把思念一气饮完
明天，不用早起锻炼

夜 雨(二)

夜
撑开一把大伞
星月
伞后悄悄躲藏

雨
密密麻麻
黑伞
被织进了雨网

肩扛
沉重的伞
汗水
四溅飞扬

攥着
湿淋淋的网
盯着伞下的灯
今夜,我是王

夜淋漓

无月的晚上
方显出
星星的光芒

乌云下的幽径
路灯把我的影子
拉得和它一样长

脸上，有微雨划过
但这不影响
我走向蛙鸣阵阵的池塘

那里
有我的牵挂
我的向往

默默待上一会儿
倾听诵经的梵音
让纷乱的内心
有一个歇脚的地方

衷肠，相思，牵挂
无需多想
统统交给这热辣辣的雨
来他个淋漓酣畅

冰雹带雨

隆隆的雷鸣
惊醒了醉酒后的幽梦
这入夏以来的雨,越来越频繁
越下越粗暴,不知轻重

不懂得怜香惜玉
有多少
冰清玉洁娇艳欲滴的花朵
都被它
一次次决绝地辣手葬送

带着对世间的留恋与不舍
哪张失色的脸上不是泪水盈盈
这还不算,趁人们酣睡
它还带来了噼里啪啦的冰雹

这冷血的家伙
一路劈头盖脸砸来,足见其毁灭性
怒放的鲜花、香甜的瓜果
吐穗的麦子,还有那

宁愿花下死的蜜蜂

统统被这魔头糟蹋得不轻
雨水,你改变不了它的冰冷坚硬
既然不能同流,就不要再合污
这样,你的罪责
就会相对减轻

甘 霖

早晨,没听到鸟鸣
唤醒我的
是一夜未歇的雨声

听那不急不躁的拍窗声
有条不紊敲击地面的脚步
这哪像泽国来的列兵

抽身于浊浪翻滚惊涛堆雪的险景
长途奔袭,登陆山水结缘的港湾
终不辱使命

在疲惫、轻轻的叹息里
沉着冷静,潇洒地挥洒汗水
缓慢休整

午后,去了趟郊外
那蹙眉耷头的玉米
脸上展露出
豆蔻少女般羞赧纯真的笑容

我在秋天等你

夜雨,迎来送往
浇灭了火热的夏天
迎来了悲凉的秋日

换季的时候,怎敢轻易睡去
给秋一把伞
赠予夏,让它不要再哭哭啼啼

说好了,明年
打着伞来,我们不再分离

望着
夏渐渐消失在雨幕的身影
秋百感交集

凉风起,雨继续
一枚黄叶飘落脚下
秋感到了<u>丝丝</u>寒意

就和叶子一起

在凄风苦雨里
站成不屈的样子
等待黎明

新的一天，必定色彩斑斓
我在秋天等你

立 秋

也许七夕的相会
办得过于隆重
攒了一夜的雨水
洒了一天多才停

黎明
挥手告别,相泣相拥
织女让牛郎
抓着三伏的尾巴
把秋天带回家中

踏上萧瑟的土地
听着蝉的嘶鸣
董永明白
一夜之间大地换了主人
万物
尽在秋天的掌控之中

叶子需要裁员,就把变色的薅下
扔到泥土里,让它忏悔修行

野草长得太慢，打上激素
让它疯了似的漫过小径

关心庄稼、瓜果的收成
给勤劳的老农
中午送温暖，早晚扇凉风
把阴沉易翻脸的天空
变得湛蓝高远，祥和宁静

乌云被改造得像
草原上的牧羊一样
一群群，一片片
雪白、欢快、飘逸、轻盈
灵性地移动

池水被沉淀得更加清澈，透明
白天微澜的波心
深深地吸引着恋人
夜晚，载着月亮小船
盛满星辉，自由地在芦苇荡中穿行

秋天，迷人的季节
它手中的指挥棒
像画笔一样挥动
能让大地生机勃勃
也能涂抹万山红彤彤

初秋协奏曲

一场暴雨
把七月淋成了昨日
用噼里啪啦的强音
迎来八月的如期而至

最炙热的季节,最湿闷的暑气
已成强弩之末
取而代之的是清爽的风
衣袂飘飘,白云悠悠

水天一色,落霞孤鹜
大漠孤烟直
秋老虎催促庄稼日夜疯长
果农忙着采摘瓜果桃李赶早市

鹰逐长风,晴空一鹤排云上
荷叶无穷碧,莲蓬已满籽
夜幕被犬吠轻轻拉死

石榴树上的蝈蝈

墙角的蟋蟀
扇动的翅膀
有着一样的频率

蛐蛐蛐蛐，吱吱吱吱
多么美妙动听
如小提琴协奏曲

秋天，像一个迷人的少妇
处处透着成熟、丰腴
秀色可餐
浑身散发着诱人的气息

白　露

蒹葭苍苍，白露为霜
踏着湿漉漉的月光
丝丝甜蜜从心底渐渐泛起
不远处，阵阵桂花香气扑鼻

露从今夜白，月是故乡明
初恋像陈封多年的老酒
引诱着我
开启故乡甜蜜的记忆

情人怨遥夜，千里共婵娟
仲秋在即，明月将圆
丰收在望，归心似箭
团聚的思绪长了翅膀

但觉衣裳湿，无点亦无声
明晨起，短袖换长袖
落叶闻秋声，草上饰珍珠
陌上，图画般靓丽无比

晴空一鹤排云上,便引诗情到碧霄
天更蓝更高远,水更碧更清澈
相看两不厌,只有敬亭山
江山更加挺拔秀丽

漠漠秋云起,稍稍夜寒生
嫦娥害羞地隐身帘后
命吴刚捧出
珍藏多年的桂花老酒

百年修得同船渡,千年修得共枕眠
虽眼近失明,但心却澄亮
望着熟睡中的妻子
毫不犹豫地关严了窗子

露　珠

露珠
是悄悄潜入暗夜的灵魂
它挚爱着花草、树木
它痴迷着大地带来的温馨

它是菩萨纤纤玉指弹出的泪痕
不但醉心于玫瑰
路边野花皆是它的情人

它多情，含蓄，怕见熟人
像波斯美女
夜幕，是它遮羞的纱巾

它天生就是情种，芳泽万千
小夜曲的演奏，伴着夜色阑珊
就像新人在洞房花烛中
缠绵，温馨

当阳光映上它那
满足的笑靥

羞涩地捂住晶莹的双目
意犹未尽，纷纷退隐

寒　露

寒露，秋天最美的时节
就像魅力四射的男人
把天下的春心统统纳入情网

它不来
柿子不会蒙上盖头
枫叶不会披上嫁衣

它不来
越冬的大雁，不会
匆匆过境，飞往温暖的南方

它不来
我这从不赶集逛街的人
怎能跑去商场购买御寒的冬装

它不来
八方游子，怎会在双节的最后一天
恋恋不舍踏上归家的路途

寒露,结缘十月八号
良辰吉日,喜不可挡
彩车如游龙,鞭炮震天响

今夜
有多少人结成连理入洞房
天上的星星就有多少颗明亮

寒露迎雨

明晨有雨
无论大小,都是下在
这缠绵的寒露里

深秋是
一幅醉美的画
寒露是一首多情的诗

这多情的雨
丝丝缕缕
诉说着对菊花的刻骨相思

这多情的雨
时缓时急,点燃了枫叶
染红了浪漫的柿子

这多情的雨
冰冷而惬意
情侣相偎相依

雨水，是他们
幸福的泪滴
哦，这多情的深秋的雨

霜 降

送完了最后一批
南飞的大雁
疲惫的芦苇，耷拉下头颅
看到了镜中苍老的自己

柿子，即摘即吃
够不着的
是留给鸟儿越冬的粮食

枫叶摄人心魄
蜂蝶不再翩舞，不再采蜜
但树下的小径
已印证了情人的足迹

家花赶不上怒放的野菊
傲霜让菊更加芬芳四溢
麦田里晶莹剔透的露珠
碎了一地

远远望去，一夜之间

绿苗长满了白色的胡须
虫鸣收工歇息
开启了辟谷模式

无情的霜刀
逼上了银杏的脖颈
瑟瑟的风声
吓黄了所有树木的叶子

草伏地，北风起
今夜绵绵细雨
酒劲上了头
顺势又把眼帘慢慢合上
梦里佳期

秋的踪影

深邃的星空
几颗闪亮的眸子
夜莺般地搜寻
等云，等雨，还是等风

送走西天的晚霞
响起了普照寺的钟声
平静的留仙湖水
荡起了涟漪层层

尽情嬉戏的野鸭
躲进了远处的芦苇丛
小舟上，一对情侣
虽意犹未尽，依然匆匆返程

这些，都未逃脱星星的眼睛
它到底在搜寻什么
荷香，瓜甜，炊烟，酒浓
百虫合唱，阑珊霓虹
早就收入囊中

哦,明白了
几片柳叶,被黄灿灿的路灯
踩在脚下,发出的叹息
哀曲般传入耳中

这狡黠又执着的眼睛
是在窥探秋姑娘的丽影
嗅着秋的气息,循着秋的脚步
渐渐被凉露打湿了眼睛

约起月光

夜晚
露浓方知寒凉
晚餐
静守无言的约定

明月
悄悄推开南窗
信步款款
坐到我身旁

杯中酒
开始荡漾

俩好，干了
满脸泛起红光
今夜
难得的惬意、舒畅

秋嫁娘

春天抚育
夏天生长

秋天
聘礼入了仓

等着霜雪
化个淡妆

雄鸡吹唢呐
西天的月亮当导航

枫叶作嫁衣
柿子当嫁妆

风光无限
好一个秋嫁娘

霜天里的月季

秋天,渐渐远去
冬季,整装待发
等待北风的
一声怒吼

百花枯萎
万物凋零
晨轻雾,晚霜雪
一派肃杀之气

索然无味之际
一道靓丽的风景
如雨后的彩虹,像开屏的孔雀
更像黎明时的霞光

像哥伦布发现
新大陆般箭步赶去
噢,是一株
亭亭玉立的月季

她不与迎春争宠
不和蔷薇斗艳
不羡莲花争霸
更不屑牡丹的天下第一

不屑昙花一现
月季独占夏初秋末
近大半年的花期
与红枫傲菊共同撑起一片天地

她坚挺着最后的美丽
我知道，我不来她怎敢老去
来世，我愿为青帝
与她携手天涯，芬芳四季

月季之恋

留守的几朵月季
忍受着霜雪的摧残
她想赶在凋零枯萎前
见上冬天一面

冬临时的定格
是她灿烂的完美收官
尽管风光不再
也要把最后一缕香魂送给冬天

难道是前世的缘
今生约定不见不散
看着她一天天憔悴
我掏出手机想把她留在身边

当镜头放大到一点五倍
看到了泪水涌出她幽怨的双眼
我的心震颤了,疼痛了
双手定格了这不忍直视的画面

明白她为什么把最后的靓色
献给冬天
她期望一个暖冬
能在晨练时陪我一起出汗

傻傻的月季
本不该对我这样衷情
愧对在你最美的年华里
我曾移情别恋

秋正浓

秋天
是熟透了的柿子
在树上挂满了一个个
通红透亮的灯笼

秋天
是洒满夜空的繁星
在田埂上替萤火虫
拉长了丰收的身影

秋天
是一首歌
宛如天籁，让黄鹂百灵
羞得无影无踪

秋天
是待嫁的少女
昼期夜盼
一生中最憧憬的洞房花烛

秋天
是韵味十足的少妇
走到哪里，都是
香风阵阵，如诗如画

秋天
碧空如洗雁阵鸣
层林尽染
江山多娇贯长虹

秋天的颜色

地上的花朵越来越少
路面的落叶愈来愈多
蝉声越来越远,蛙早已
进入了休眠的洞房之夜

晨露白雾里
鸟儿推迟了早课
值夜班的鸣虫,刚刚安歇
轻盈的脚步,伴着飘飞的黄叶

独领风骚的紫薇
展现了百日的姿色
今日起不再婆娑、摇曳
脸上幽怨的泪珠
诉说着岁月的无情

芦苇
低着灰白的头颅
顾影自怜
不知心中的伊人

是否还记得我

旭日升起，雾霭消退
湿漉漉的草地上正怒放着野菊
黄的，白的，紫的，争奇斗艳
萧瑟的秋天，又重新魅力四射

深秋的风

深秋的风
像极了丹青妙手
饱蘸寒露为墨

随意挥洒
给三山五岳
披上了五颜六色的外衣

让青草枯萎
把树叶染黄刷红
剩余的自由飘落

把蓝天绘成海的底色
高悬的风帆
牵手洁白的云朵

把故乡的炊烟挪移到大漠
托起下坠的夕阳
让它永远朝气蓬勃

把稀疏的柳梢
栽种上月牙
培植它快快长成一轮明月

树下再画一对情侣
夜深时，找嫦娥
交流彼此的恋爱经过

深秋的风
美丽的夜
织就五彩斑斓的生活

柿子熟了

柿子熟了
灯笼般火热
霸占着蜿蜒的山道

累累果实
压弯了
沧桑的树干，枝头的腰

远远望去
像是
等待被采摘的大樱桃

近前看
更像是
温润细腻的红玛瑙

麻雀像一个个卫士
站成一排
既想捍卫柿子的完整
又想品尝

它甜蜜的味道

柿子熟了
慈悲的田农把它
留给了过冬的禽鸟

暮秋晨雾

晨雾,给暮秋
披上了一层薄薄的衣服
大地,神秘中
显得更加庄严肃穆

河水升腾着仙气
过客般潜游
拜别水草,还有
岸边日夜为它站岗放哨的杨树

匆匆作别,责任使然
载着鱼儿
赶在结冰前
寻找越冬的归宿

雾霭,模糊了视线
遮挡了前行的路
若隐若现
缥缈中伴着虚无

冉冉红日
娉娉婷婷升起
隔着神秘面纱
一眼便醉心蚀骨

豪情顿生
阔步向前
迎接新的一天
义无反顾

秋的挽留

秋天,最后的回眸
难舍这醉人的时光
山水蓝天,相互交映

山在水心中
水偎山身旁
白云游翔浅底
鱼儿飘纵天上

野鸭踏上云头
自由嬉戏,引颈高歌
湖水涟漪浅浅
拥抱着深秋的肩膀

满树金黄渐渐褪去
叶子天女散花般飘落
不会走远
总是沉睡在根的身旁

枫红冻得有些发紫

叶子不再是出嫁时的模样
秋天的戏就要落幕
繁华散尽,完美收场

大雁飞去南方
雀鸟备好越冬的食粮
只欠北风的号角
依序开始冬藏

留住深秋

留住深秋
这最后的回眸是一杯发酵的酒
饮下这杯浓烈的酒
醉了蓝天,醉了山林,醉了河流

留住深秋
这残缺的风韵
叶舞碧天
枝头的密发渐渐稀疏

留住深秋
这绝世的画轴
暖阳下的鸟雀
品尝留在柿子树上的食物

留住深秋
这浪漫里的成熟
任霜雪染白双鬓
风沙卷起黄土

留住深秋
等待春天的问候
岁月正好
何惧大雪压头

冬日恋歌

冬天
万物萧瑟
生命的迹象
都被淹没

如果不遇一场雪
不知道该怎么活
只有雪的世界
才能带来青春的颜色

冬天
万物萧瑟
唯有梅花
才能唤来雪的柔情,雪的执着

雪来的时候,最高兴的
莫过于枝头上屋檐下的麻雀
黎明的曙光出现,雪地上
竖起一对兔子的耳朵

冬天
万物萧瑟
总是想起初次牵手
脚下一步两个雪窝

雪的眷恋

千呼万唤,犹抱琵琶
终于在夜幕掩护下,亲吻地面

这入冬以来的第一场雪
以偷情的方式和我相见

虽看不清她飘逸的身姿
以及冰清玉洁的娇颜
但心中早已荡起波澜
怕她转瞬即逝
轻轻揽其入怀

任她起舞,任她旋转
直到她广袖长挥
千飘万洒,酣然尽兴
我才坦然入眠

今晚好梦
明早踏雪寻梅
找回遗失多年的旧恋

我喜欢冬天

四季更迭,年轮飞转
阴阳互补,道法自然

春生,夏发,秋敛
大地疲惫不堪

休养生息的季节
我喜欢冬天

如果没有冬天
就感受不到严寒里的温暖

如果没有冬天
就不会有梅雪的白头相伴

如果没有冬天
哪来风花雪月的浪漫

如果没有冬天
哪来的瑞雪兆丰年,旧貌变新颜

如果没有冬天
谁能给山河麦苗保暖

如果没有冬天
又怎能孕育出万紫千红的春天

冬天是宁静,是品尝
是温馨的团聚,是一年中最大的狂欢

我喜欢冬天

冰临城下

冬天,正步步紧逼
肆无忌惮
边疆塞外
松花江畔,逐渐沦陷

霜刀过处,白草伏地
树叶瑟瑟作响
天山脚下,七剑被迫出山
方圆千里,寸草不留,寒光闪闪

西北告急
华北告急
寒潮预警
响彻长城内外,秦岭边关

沦陷的消息
接二连三
今天,大后方九寨沟
也被白色恐怖笼罩

秋顽强抵抗，且战且退
怎奈已无力回天
中原岌岌可危，长江
亦无险可守，唇亡齿寒

告全国同胞书
既然冰临城下，无法抵抗
不如做个顺民
天冷了，加衣御寒

冬天的柔情

冬天,越来越清静
树叶落地的声音
很轻,很轻

几乎听不到一点动静
只有风起时,才传来
呼呼啦啦的点名排队声

偶有冷中带暖的细雨
时不时的敲窗声。每每听到这声音
心跳骤然加速,热血涌向头顶

青春懵懂时
分不清窗外是雨声
还是朦胧的爱情

小雪已过,大雪将至
雪花的影子
依然停留在去年的记忆中

我知道,雪落无声
但需要一个惊喜
早上醒来,用银妆覆盖旧梦

也许是明天,最迟后天
因为,梅花
已含羞敞开了心胸

这个冬天很温暖

冬天
寻一处温暖
阳光伴着笑脸
甜蜜中透着灿烂

冬天
寻一处温暖
读书，品茶
私语，喝酒聊天

冬天
寻一处温暖
让雪慢慢飞
红梅藏匿心间

冬天
寻一处温暖
闺蜜抱团
定会驱散严寒

冬天
寻一处温暖
爱的季节
心花怒放,春光无限

冬天
温暖就在身边
肩并肩
迎来送往,携手百年

瑞雪至

茫茫浓雾是为瑞雪的降临打头站
昨晚那句话无意言中了
今天突然而至的大雪

冬天最美的期盼
就是等待一场雪
尤其是初雪

雪花填补了空白
覆盖了残缺
她追逐嬉戏
盘旋着，一路欢歌

像鱼儿重返大海般狂野
更像游子回归母亲怀抱般亲切
别人十分欢喜
而我，二十分快活

天赐瑞雪
驱散了胸中沉积已久的雾霾
带来了那份久违的宁静与圣洁

写在大雪

河水有了结冰的迹象
苍茫大地等待披上新装

大雪时节,万物冬藏
洁白的雪
是四季最动人的盛妆
日思夜盼着
冬日里闪亮登场的新娘

儿时的冬藏,是地瓜放进窖子
萝卜埋在地坑,白菜摞在窗台上

这就是今冬明春
和过年的全部希望

烧火盆取暖,烟熏火燎
眼泪鼻涕一起往外淌

最大的愿望,不关乎诗和远方
只想啥时寒冬能像春秋天一样暖

夜深，酒干，雪未现。道是
大雪时节未见雪，夜半梅花怨明月
何当共白头，再叙别离泪凝噎

冰上之旅

看不出,是天上还是地上
不知道,行在云端还是水中央

去除虚幻,只有一种可能
在冰面上,绝对不是走在路上

虽不解此图原意
尽管有拼凑的迹象

可以理解,如果在天上
他缺少飞翔的翅膀

假设在水中
轻功提纵术只是金庸玩的花样

现实版的结论
只能是滑行在冰上

人生的道路充满荆棘坎坷,且漫长
只有行走冰上阻力最小,快速

抓住机遇,彼岸就是诗和远方
那里四季缤纷,灯火辉煌

雪 融

雪,泼墨
梅花般俏丽

小如米粒
大如鹅毛、棉絮

触及,柔情化雨
像极了豆蔻少女

她曳步空中,惊艳眼前
只是眨眼,瞬息

扑向山川河流
亲吻旷野树枝

不挑繁华贫瘠
不管脏乱整齐

一次华丽转身
重新回归自己

融入母亲的怀抱
幸福团聚,不再分离

深深地扎根沃土
这也是万物的本意